T0203533

Una sirena en París

RESERVOIR BOOKS

Mathias Malzieu
Una sirena en París

Traducción de Noemí Sobregués

Papel certificado por el Forest Stewardship Council®

Título original: *Une sirène à Paris*
Primera edición: enero de 2020

© 2019, Mathias Malzieu
© 2020, Penguin Random House Grupo Editorial, S. A. U.
Travessera de Gràcia, 47-49. 08021 Barcelona
© 2020, Noemí Sobregués, por la traducción

Penguin Random House Grupo Editorial apoya la protección del *copyright*.
El *copyright* estimula la creatividad, defiende la diversidad en el ámbito de las ideas y el conocimiento,
promueve la libre expresión y favorece una cultura viva. Gracias por comprar una edición autorizada
de este libro y por respetar las leyes del *copyright* al no reproducir, escanear ni distribuir ninguna
parte de esta obra por ningún medio sin permiso. Al hacerlo está respaldando a los autores
y permitiendo que PRHGE continúe publicando libros para todos los lectores.
Diríjase a CEDRO (Centro Español de Derechos Reprográficos, http://www.cedro.org)
si necesita fotocopiar o escanear algún fragmento de esta obra.

Printed in Spain – Impreso en España

ISBN: 978-84-17910-11-2
Depósito legal: B-22475-2019

Compuesto en La Nueva Edimac, S. L.
Impreso en Unigraf
Móstoles (Madrid)

RK10112

Penguin
Random House
Grupo Editorial

Para Rosy, la sirena en París

Las únicas personas que me interesan son los locos, los que están locos por vivir, locos por hablar, locos por salvarse, los que lo desean todo a la vez, los que nunca bostezan ni hablan de lugares comunes, sino que arden, arden, arden como fuegos artificiales extraordinarios que explotan como arañas en las estrellas, y en el centro vemos estallar una luz azul, y todo el mundo dice «¡Uau!».

JACK KEROUAC,
En el camino

1

Aquel 3 de junio de 2016, en París llovía a pleno sol. En la torre Eiffel crecían arcoíris, y el viento peinaba sus crines de unicornio. El repiqueteo de la lluvia marcaba el ritmo de la metamorfosis del río. Los embarcaderos se convertían en playas de asfalto. El agua subía, subía y seguía subiendo. Como si alguien hubiera olvidado cerrar el grifo del Sena.

En las orillas florecían rosaledas de paraguas a cámara rápida. Ambiente de desfile de moda con botas de agua. Todo el mundo quería ver el río saliendo de su cauce. Notre-Dame, olvidada. ¡La nueva estrella era el Sena!

París adquiría un tono plateado bajo una llovizna de mercurio. A ambos lados de los puentes se formaban lagos grises. Las carreteras se desvanecían a orillas de un mundo nuevo. Las marcas del suelo desaparecían en el abismo. Los semáforos se convertían en periscopios que pasaban del verde al rojo en silencio. Una familia de patos circulaba en dirección prohibida.

La corriente arrastraba árboles arrancados de los bosques cercanos. De pie en un tronco, un cachorro de zorro disfrutaba de una visita privada a la Ciudad de la Luz. Balones de fútbol, sillas de ruedas, bicicletas y cajas fuertes lo seguían a la deriva.

Daba la impresión de que París giraba en su propio remolino. Habían evacuado las barcazas del centro. Los libreros de la isla de San Luis, impertérritos, envolvían sus libros en bolsas de plástico, como si prepararan regalos de cumpleaños para los muertos. Desde el principio de la crecida se habían contabilizado varias desapariciones.

2

Una epidemia de K-way golpeaba el centro de la ciudad. La lluvia seguía cayendo con la regularidad de un reloj. Sonaba como aplausos. Desafiando los elementos, un tipo con patines de cuatro ruedas atravesaba zigzagueando el puente de Arcole. Los pocos niños con los que se cruzaba lo miraban como a un superhéroe pasado de moda.

Un corredor con chándal rojo lo adelantó cantando una canción de Mariah Carey en voz alta y desafinando. Tenía el cuerpo empapado, pero el corazón parecía impermeable. La lluvia no dejaba de caer. Ni el Sena de subir.

En el puente, la gente pescaba directamente desde el parapeto, y otros querían dar paseos en barca. Algunos llevaban sacaderas. Era como pescar patos en una feria, pero para adultos. Con su barba y sus patines, Gaspard Snow era la imagen perfecta de aquel anacronismo. Parecía un papá Noel vestido de paisano al que sus elfos habían abandonado en medio de París.

El asfalto parecía un lago helado en pleno deshielo. La calzada estaba llena de agua. Cada segundo, Gaspard corría el riesgo de caerse. Soplaba el viento, y su cuerpo hacía de vela. El suelo estaba demasiado resbaladizo para frenar.

En el quai de l'Hôtel-de-Ville los cúmulos se amontonaban. Sus barrigas regordetas se sumergían en el río. Una chica muy joven paseaba con su helado de Berthillon rodeado de nubes de azúcar. Habían interrumpido la navegación de los barcos turísticos para evitar decapitar a los turistas al pasar por debajo de los puentes.

Cerca del quai aux Fleurs, un Clio inundado hasta el parabrisas se había convertido en un acuario con ruedas. Una trucha perdida se deslizaba entre el asiento del copiloto y el trasero. El río regurgitaba objetos como si el pasado saliera a la superficie. Moto prehistórica, teléfono de disco, televisor de esquinas redondeadas... El mercadillo del paso del tiempo.

En la esquina del quai de Montebello, Gaspard perdió el control de los patines. Derrapó peligrosamente hacia una columna Morris, que esquivó como un torero. Pero tenía que llegar cuanto antes al Flowerburger. Aquella barcaza era lo único que le quedaba de su abuela, recientemente fallecida. El corazón de su fantasma seguía latiendo en el casco…

Según los cálculos de Gaspard, el Flowerburger debería estar delante de él. Lo que había era una gran nada salpicada de neblina. La crecida impedía acceder a la mayoría de los barcos. Comprobó la dirección, pero sí, ¡estaba delante del número 34 del quai de Montebello!

Gaspard vio una figura arrugada abajo, pegada a su banco como un mejillón a su roca. Se acercó. Era un hombre muy viejo con aspecto de enanito de jardín, con barba y un pequeño gorro. Con un periódico enrollado en el bolsillo y un termo y galletas en la mano, parecía decidido a no perderse el espectáculo de aquella crecida extraordinaria. Escuchaba «Non, je ne regrette rien» de Édith Piaf en un viejo comediscos naranja. Un gato atigrado acurrucado en sus rodillas hacía de bolsa de agua caliente. Parecían felices los dos bajo su gran paraguas negro, en primera fila para presenciar el inicio del apocalipsis.

–Buenas tardes, señor, discúlpeme… ¿Conoce usted el Flowerburger? Es una barcaza que suele estar amarrada aquí…

No le contestó. Ni siquiera se movió. El viejo miraba fijamente la superficie del agua, como hipnotizado por los remolinos que se formaban. ¿Había visto algo?

Gaspard seguía buscando en el laberinto de niebla. La duda se convertía insidiosamente en inquietud. Ya nada era igual. Los dioses daban la vuelta a París como una bola de nieve. Entre Notre-Dame, el Hôtel de Ville y el Louvre se formaba un nuevo triángulo de las Bermudas.

Gaspard se dijo que un día, debido al calentamiento global, París quedaría totalmente sumergida. En la superficie del río se adivinarían los vestigios de una civilización desaparecida. La punta oxidada de la torre Eiffel, las cúpulas del Grand Palais y el obelisco de la Concorde serían anclas colgando al revés del mundo. La gran noria funcionaría como telecabina para subir a la superficie. Los guías turísticos se convertirían en buceadores, el metro sería submarino y cada día se iría a buscar la bombona de oxígeno al colmado de la esquina. Las calles estarían llenas de concesionarios de submarinos. Los habitantes del abismo aprenderían a recordar el sol y a valorar el más mínimo reflejo.

A lo lejos, los relojes del museo de Orsay brillaban como dos grandes lunas gemelas. Un camión de basura recogía restos de arcoíris. Las palomas se posaban en el techo para evitar mojarse las patas. A medida que el agua subía, los puentes parecían encogerse.

El zuavo del puente del Alma ya no tardaría en tragar agua. La tormenta mascullaba, mascullaba y volvía a mascullar. La noche seguía oscureciéndolo todo.

Gaspard estaba empapado. Cada uno de sus movimientos sonaba como cuando se aprieta una esponja. Un escalofrío de gripe, palpitaciones en las sienes, pero ni rastro del Flowerburger.

De repente chasqueó una farola.

Luego un relámpago decapitó el cielo.

Y todo se apagó de golpe.

El gran reloj del Tiempo acababa de tener un infarto. París se sumió en la oscuridad. Noche negra hasta donde alcanzaba la vista.

3

Una luz tenue empezó a palpitar al pie del puente Saint-Michel. Desaparecía tan rápido como aparecía. El viejo pescador ya no se movía, como si el rayo lo hubiera soldado al banco. El vinilo de Édith Piaf giraba en bucle en la misma frase: «Non, non, non, je ne… Non, non, non, je ne…».

Luego retumbó un sonido extraño. Ruidos de cristal leves, pero lo bastante nítidos para que se distinguiera una melodía.

El gato levantó las orejas y se erizó.

Un pato se hundió en un charco de asfalto y se partió el pico por la mitad.

El viejo pescador se levantó maquinalmente. La nana magnética lo envolvía. Se acercó despacio al río tarareando la melodía, como un fantasma teledirigido por la niebla.

○

Gaspard Snow se deslizaba a cámara lenta por el muelle. Ya no reconocía su ciudad. La llovizna espolvoreaba las nubes del revés. Silencio de nieve y pasillos de niebla hasta donde alcanzaba la vista.

Como París, su corazón había naufragado. Pero, como París, tampoco él cedería a la oscuridad. *Fluctuat nec mergitur!** Gaspard había nacido lejos de la capital, pero desde los atentados su corazón latía por ella. Algo de esta ciudad fluía ahora por su sangre. Aquí y allá volvían a brillar luces, que se reflejaban en las gotas de lluvia. En el bulevar del Grand Palais se encendieron de nuevo las hileras de farolas. La ciudad volvía en sí a trompicones. Los pintores del crepúsculo retomaron su labor de teñir de rojo las orillas del río. A lo lejos, la torre Eiffel centelleaba como una botella de champán eléctrica.

Gaspard andaba en círculos sin darse cuenta, pasaba y volvía a pasar por el mismo sitio.

Hasta que reconoció el banco del viejo. El gran paraguas negro parecía un cadáver de murciélago clavado en un árbol cromado. El viento agitaba sus alas inanimadas a través de la niebla. El gato maullaba desesperado con su amigo el pato con el pico roto. El comediscos seguía escupiendo que Édith no

---

* Lema de París: «Batida por las olas, pero no hundida».

se arrepentía de nada, pero el pescador había desaparecido.

Apoyado en la punta de sus patines, Gaspard se acercó a un pontón decapitado por la niebla. Las tablas de madera crujían a su paso. Se le aceleró el pulso. Su mal presentimiento se convertía casi en una certeza: el pescador y el Flowerburger habían sido engullidos. El casco era frágil y la cubierta se inundaba fácilmente. Gaspard pensaba en una conversación que había mantenido con su padre, que quería librar al Flowerburger del fantasma de Sylvia. Según él, pesaba demasiado y acabaría hundiendo el barco.

—¿Y qué vas a hacer con el fantasma? ¿Vas a dejarlo con los trastos viejos?

—¡Voy a olvidarlo lo bastante para que no ocupe todo el espacio y la vida continúe!

La nana magnética se reanudó a bajo volumen. Una parte del cerebro de Gaspard le instaba a seguir su camino, y la otra a encontrar el origen de aquella extraña canción de cuna. Parecía seguirlo. Cuando él se detenía, la nana se detenía. No podía evitar tararearla, como si la hubiera escuchado desde siempre.

Un recuerdo, una sensación surgió de muy lejos. El sonido de la armónica de cristal que se había fabricado su abuela. Se humedecía las yemas de los dedos, las deslizaba por el borde de las copas, y la vibración del cristal los envolvía.

La tormenta volvió a rugir. Gaspard se abría camino a tientas entre matorrales empapados. A lo lejos, el periódico del pescador ondeaba a merced de los remolinos del Sena. «París 2016, crecida histórica. ¡Más de seis metros, un nivel nunca visto en más de treinta años!» Un poco más abajo, su sombrero giraba en la superficie del río.

La guirnalda de farolas volvió a hacer amago de apagarse. Gaspard se quedó inmóvil un instante. La melodía se acercaba a él. El viento arrastraba el sonido y lo depositaba en la cavidad de sus tímpanos. Ahora estaba seguro de que era la cancioncita que Sylvia le tocaba para que se durmiera.

Sintió un hormigueo en el pecho y una sensación de vértigo casi agradable. El deseo de dejarse arrastrar por los recuerdos le nublaba la mente…

De repente una mano le agarró el hombro.

4

–¡Gaspard!

Reconoció la voz cordial de Henri.

–Has vuelto a perderte… –añadió el cocinero del Flowerburger con una sonrisa torcida por el cigarrillo que intentaba encender.

Gaspard, chorreando, levantó las manos a modo de respuesta. El cocinero señaló una luz detrás de él. Gaspard se giró y apareció el Flowerburger, como un barco fantasma surgiendo de la niebla. Valiente, insumergible, parecía estar ahí desde siempre.

–Se supone que deberías haber salido al escenario hace diez minutos… ¡Tu guitarra y tu ukelele están afinados, y las coristas están preparadas! –le dijo Henri con su sonrisa de Belmondo de joven y con bigote.

Henri y Gaspard entraron por una escotilla del casco del barco que llamaban «la entrada de los artistas». Se trataban con tanta familiaridad que parecían hermanos.

En ese momento, un joven vestido de zazú de los años cuarenta, con americana larga y ajustada, pantalón tobillero, zapatos en punta y greñas de cachorro de león, se detuvo delante de la entrada de la barcaza. El letrero oxidado indicaba sobriamente «Burgers». Las mesas eran viejos escritorios de escuela llenos de grafitis. Placas de yeso mal acabadas y una pantalla que transmitía un partido de fútbol. Tres hinchas perdidos comentaban «¡Chuta ya!» cada vez que un jugador de su equipo favorito cruzaba la línea de medio campo.

—Quisiera ir al casco —dijo el zazú a la camarera que estaba detrás de la barra.

Su moño tenía forma de donut. Su cuerpo era un surtido de postres.

—¿Está seguro?

—¡Más que seguro!

—¿Sabe la contraseña?

—Sí… hum… «Los fantasmas de mis recuerdos apoyan los codos en la barra.»

—Venga conmigo…

«¡Chuuuuta yaaaa!», se seguía oyendo.

En el fondo de la sala, la camarera señaló una puerta blanca que parecía llevar a la cocina. Daba en realidad a una escalera insonorizada. Abajo, una escotilla daba acceso al corazón del barco: el Flowerburger, un cabaret escondido en el fondo del casco.

Un inframundo separado del resto de la ciudad por una simple compuerta.

Todo en el Flowerburger era delicadamente intrigante. Desde los unicornios de madera hasta los libros antiguos apilados debajo de la barra, todos los objetos parecían albergar un secreto, una historia. Entrar en el casco de la barcaza era como entrar en el corazón de Sylvia Snow.

La abuela de Gaspard se había enamorado del barco antes de enamorarse dentro de él. En 1943 tenía un colmado en la cubierta y escondía a miembros de la Resistencia en el casco. Sylvia había construido el barco como un sueño, un refugio de cuento de hadas pero muy real. Velas, madera y estopa. Ambiente de guarida. Daba la sensación de tener que encogerse para entrar. En el fondo de la sala se alzaba una caja de música gigante en la que giraba una bailarina de tamaño humano.

Henri había vuelto a su puesto. Desde detrás de la barra hacía las famosas hamburguesas de flores que habían dado nombre al barco. Cortaba los tallos y clasificaba los pétalos con la destreza de un crupier de póquer. Armonizaba los colores en función de la receta. Sus sándwiches eran tan bonitos como deliciosos.

Frente a la barra, una especie de fotomatón de madera barnizada en el que se leía: «*Record your own voice in the voice-o-graph*». Se podía grabar al instante en vinilo un minuto de canción o un mensaje, como una polaroid, pero musical. A su alrededor, una pila de cajas cuidadosamente selladas, con nombres y fechas diferentes.

El zazú pidió una flowerburger de rosas, para que combinara con su pajarita roja. Vestirse así formaba parte del efecto «máquina del tiempo» del lugar. Salir de 2016 y aterrizar en los años cuarenta. Todos los que sabían la contraseña jugaban a ese juego.

Gaspard surgió de detrás de la caja de música con su guitarra llena de pegatinas y su soporte para armónica, que parecía un aparato dental, listo para dar la cara. Con él, The Barberettes, el grupo de coristas de la casa. Tres chicas que parecían bailarinas vivientes de una caja de música.

Cada noche, Gaspard se esforzaba por cumplir un sueño: salvar el Flowerburger. Había hecho un pacto consigo mismo y no lo quebrantaba. «Eres el último sorpresista, y esta barcaza es el último bastión», le había dicho su abuela antes de morir.

En la familia no se tomaban a broma la imaginación. «*The poetry of war*», decía Sylvia. «Escapar, escaparse, trabajar por tu sueño hasta convertirlo en realidad.» Un arte de vivir y de resistir incluso en tiempos de guerra, sobre todo en tiempos de guerra. Una travesura, un paso a un lado. Una invitación a ver más que a mirar. Destrucción de la seriedad, ardor poético.

Gaspard había prometido a su abuela que transmitiría este arte de vivir. Desde su muerte, Gaspard se definía exclusivamente por su capacidad de fascinación. Ser un soñador de combate, vivir a cámara rápida para no perder ni una milésima de segundo. Deseo de estrella fugaz. Sentía todo con más intensidad que los demás. Podía ser el hombre más feliz y el más triste del mundo en el mismo segundo. Su justa medida era lo excesivo. Burn-in para evitar el burn-out.

Salía al escenario como a un ring, armado con su guitarra y vestido con un traje negro. «Los fantasmas de mis recuerdos apoyan los codos en la barra», ululaba, poseído por el espíritu de los sorpresistas. Convocaba a sus fantasmas, se enchufaba a ellos y los invitaba a retransmitir desde su corazón. Los encarnaba con tanta intensidad que después le costaba mucho volver al mundo real. Estos conciertos eran una mezcla de una sesión de hipnosis, de un entierro en México, de un monólogo cómico y de una cena de Navidad. Algo del ámbito de las crisis nerviosas y de las explosiones de alegría. Todo ello calentado al rojo vivo en una olla de rock'n'roll llena de canciones de cowboys. Pero ser sorpresista era decidir ser el indio. El que lo manda todo a freír espárragos. El que se arriesga a desobedecer. Sorprender y sorprenderse hasta el punto de acceder al nivel de sorpresista supremo: el que detiene el tiempo.

Gaspard defendía la idea de que el casco debía ser secreto. Su padre le aconsejaba tirar la mampara para tener más espacio, e introducir una cocina y un menú clásicos, no solo hamburguesas de flores. Pero el chico vibraba con el mundo que había creado Sylvia. Su mundo. Su padre lo entendía, pero ya no soportaba vivir entre aquel bestiario de recuerdos. Era demasiado doloroso. Expresaba su duelo mediante la necesidad de hacer tabula rasa, exactamente lo contrario de Gaspard. Camille era un mago melancólico que jamás se había recuperado de la muerte de su madre. En aquella época lo llamaban «el king del close-up». Era uno de los mejores sorpresistas. Pero desde la muerte de Sylvia había perdido el ánimo. La melancolía lo había engullido. Ya no parecía el mismo. Gaspard y Camille sufrían la misma enfermedad, pero se curaban con tratamientos diferentes, lo que los distanciaba, y sufrían por este distanciamiento. Gaspard odiaba la idea de que su padre hubiera abandonado sus sueños hasta ese punto. Camille odiaba la idea de que su hijo hubiera abandonado la realidad hasta ese punto. Mantener el Flowerburger era caro y ya no generaba el dinero suficiente.

Esa noche, salvo por unos cuantos zazús, el Flowerburger estaba desierto. Nadie escuchaba. El mundo entero hablaba de la crecida y sus misteriosas desapariciones. Todo el mundo decía haber visto algo, pero cada uno contaba una historia diferente. Para apoyar a Gaspard, Henri lanzó un poco de confeti y arengó al público indiferente…

Un chasquido sonoro y constante resonó en el fondo de la sala, lo que atrajo todas las miradas. Una pin-up recién salida de un Tex Avery aplaudía expulsando pequeños círculos de humo.

Sin dejar de aplaudir, avanzó hasta la barra con un movimiento de caderas como para provocar mareos. Llevaba las uñas tan impecablemente pintadas que sus manos hacían pensar en un cerezo. Un cerezo con un cigarrillo entre las ramas. Y tantas flores en el moño pelirrojo que se habrían podido hacer tres hamburguesas. La parte baja de su espalda no descendía, se rompía. Sus pechos eran como pasteles de cumpleaños. Henri estaba totalmente hipnotizado. Toda la sala lo estaba.

Salvo Gaspard, que acababa de apoyar los codos en la barra y solo tenía ojos para su whisky escocés. La pin-up empezó a tararear «los fantasmas de mis recuerdos apoyan los codos en la barra» haciendo unos pasos de claqué. Lo que no tuvo el menor efecto en él. Nada. Ni un ligero cosquilleo.

—Eh, ¿estás aquí? ¡Jessica Rabbit ha cantado tu canción! —dijo Henri, exaltado.

—¿Y qué? Venga, ponme otro whisky.

Henri se llevó las manos a la cara, tan decepcionado como si su equipo hubiera fallado un penalti en la final de la copa del mundo.

—Esta sí que es buena… ¡Y luego mi niño es una fiera!

Gaspard se encogió de hombros sonriendo.

—Para mí se acabó. ¡Te digo que estoy inmunizado!

Henri se sabía su perorata de memoria. Para abreviar, sirvió a Gaspard otro Talisker, su whisky preferido. Una especie de fuego líquido que te convierte en un dragón del revés.

Alrededor, la criatura hipnotizaba a la concurrencia. El zazú sonreía embobado, con trozos de flores entre los dientes.

5

«El ingrediente mágico es el amor. Porque permite que el sueño cristalice. Espolvorea una pizca de sorpresa, ¡y tu vida tendrá un sabor exquisito!», decía Sylvia.

Gaspard se había quedado sin este ingrediente desde que lo había dejado la que creía que era la mujer de su vida. Carolina. «La Carolina», como la llamaba su padre. El desamor lo había traumatizado. Hasta el punto de volverse alérgico al amor. Y de desconfiar de él como de un virus mortal. Noche tras noche maltrataba su guitarra folk y aspiraba su armónica como un asmático su Ventolin. No tenía más remedio que cantar su pena. Jugar al alquimista, convertir el plomo de su pena. No en oro, pero ¿quizá en un material más ligero?

En el escenario, trataba el mal con el bien dando el amor que ya no recibía. Necesitaba tocar físicamente a su público, susurrar y gritar. Bailar, contorsionarse y sorprenderse, siempre. Volver a ser él mismo durante el tiempo que dura una canción. Esta sensación de libertad lo electrizaba. Su corazón funcionaba como una dinamo, y la adrenalina hacía surgir las estrellas en medio de la oscuridad. Cada noche, Gaspard se salvaba un poco hinchando las velas del Flowerburger.

Henri también intentaba recuperarse de un accidente amoroso. Pero él curaba el mal con el mal. Envío de poemas eróticos por paloma mensajera, escalada de edificios para aparecer en un balcón y otras sorpresas refinadas.

Seducía y se había convertido en un experto en bromas artísticas. Incluso había escondido a un cuarteto de violinistas en el hueco de la escalera de su casa. Cuando Henri volvía con las manos vacías, pagaba igualmente a los músicos. Se arruinaba con estas actuaciones, pero eran su combustible.

Antes de su gran historia, Gaspard era aún peor que Henri. Escribía canciones como otros mandan mensajes de texto. Las grababa en el voice-o-graph y dejaba el ejemplar único en vinilo delante de la puerta de sus dulcineas. Gaspard creía amarlas a todas. De alguna manera, las amaba a todas. Algunas noches había entregado un vinilo en cuatro lugares diferentes. Siempre en patines, incluso bajo la lluvia. Se había especializado en bajar en rápel por conductos de chimenea. Hasta que resbaló y se rompió el tobillo. Fue en la casa de la ex mujer de su vida. Llevaba semanas intentando seducirla cuando se desplomó en el salón. Ella lo llevó a urgencias, le vendó las heridas y se enamoraron antes de que le hubieran quitado la escayola.

Durante siete años, Gaspard solo la vio a ella. Fuegos artificiales monofónicos. Le daba la impresión de que ya no era aquella persona con un pasado de contrabandista. Nunca había sido tan profundamente feliz. En él se formaba un pedestal, y su energía creativa avanzaba a toda marcha. Gaspard escribía en secreto un cuento para el hijo que quizá tendrían. Él, el truhan del amor incapaz de hacer planes para más allá del día siguiente, dejaba que lo invadiera el deseo de ser padre... Por eso el impacto de la ruptura fue aún más terrible.

Camille dejó la escasa ganancia del día delante de Gaspard, lo que lo sacó de su cara a cara con el whisky.

—¡Parece el contenido de mi hucha cuando tenía cuatro años!

—¡Es exactamente el contenido de tu hucha, pero ya tienes cuarenta años, hijo mío! —le contestó su padre.

—Era una gallina de porcelana... Me gustaba mucho aquella gallina. Y además la conservo...

—No me sorprende. ¡Nunca tiras nada!

Gaspard odiaba que lo trataran como a un niño. Su padre confundía la capacidad de fascinación con el comportamiento infantil. Camille se precipitaba al creerse más responsable y realista que el soñador de su hijo. Para negar el paso del tiempo, reaccionaba como si su hijo de cuarenta años aún fuera un adolescente.

—Bueno... —dijo rascándose la parte de atrás del cráneo.

Gaspard sabía que cuando su padre decía «Bueno...» rascándose la parte de atrás del cráneo, iban a hablar del futuro del Flowerburger.

—Esta mañana me han hecho una propuesta.

—¿Una propuesta de qué?

—Una cadena de restaurantes... Quieren comprarnos la barcaza.

Gaspard dejó el vaso en la barra y miró fijamente a su padre.

—Sabes que aquí hay fantasmas... —dijo entrecerrando los ojos.

Pasaba de inmediato de la literalidad al sarcasmo, lo que desestabilizaba a su padre. Gaspard señaló los cuadros por encima de la barra. Arriba del todo, el impresionante retrato de su abuela Sylvia y el de su madre, Élise, que había muerto en el parto el día que él nació. Su aspecto de Gioconda daba la impresión de estar escuchando la conversación.

Al lado, Henri desplegaba tesoros de ingenio para llamar la atención de la pin-up. Giró la mano e hizo aparecer un canario rojo detrás de su moño.

—Quieres decir recuerdos —dijo Camille.

—Fantasmas, recuerdos, fantasmas de recuerdos, es lo mismo.

—Gaspard… No podemos quedarnos con todo. Las Barberettes, la florista para las hamburguesas, ¡ya no salimos adelante!

Henri intentaba atrapar el pájaro que revoloteaba por encima de la barra mientras la pin-up escuchaba distraída la discusión entre Gaspard y su padre.

—¡Y ese trasto ahí! ¡No puede ser! —se enfureció Camille señalando el voice-o-graph.

—¡Sí! Claro que puede ser.

—Ya nadie utiliza esa antigualla…

—¡Yo lo utilizo!

—Pues llévatelo a tu casa, si quieres te ayudo a montarlo —le propuso Camille en tono conciliador.

—¡Su lugar está aquí! Sylvia lo construyó con lo que encontró a mano. ¡Se queda a bordo!

Todo el espíritu del Flowerburger se condensaba en aquella cabina-cabaña. Sylvia Snow la había construido para que los miembros de la Resistencia a los que albergaba pudieran grabar mensajes secretos. La llamaba el «autoconfesionario». Había conservado todos los vinilos grabados desde los años cuarenta. Canciones, mensajes de amor, poemas, todo estaba allí. Con el nombre y la fecha cuidadosamente anotados. De vez en cuando llegaba alguien buscando un disco grabado hacía treinta años. A veces eran los hijos los que encontraban el rastro de uno de sus padres. Para Sylvia era un gran orgullo. «Cada quien sus peregrinaciones, sus formas de curar el olvido», decía. Gaspard no se planteaba mover el voice-o-graph ni un milímetro.

Camille también había grabado en su juventud. Había grabado, había besado, había comido todo tipo de pasteles y se había reído mucho. Sus recuerdos seguían existiendo en algún lugar de su memoria, pero se negaba a enfrentarse con su pasado. Para él, el voice-o-graph era como un monumento a los muertos. ¿Quién querría una tumba en su salón? El barco entero le parecía un cementerio.

Camille sabía el daño que le haría a su hijo si sacrificaba la barcaza. Pero en el fondo esta perspectiva lo aliviaba.

Se levantó con su aspecto de Atlas cansado.

–Y… No vuelves en patines, espero…

–No, no…

–Te conozco como si fuera tu padre, hijo mío. Pues no te acerques al río por la noche, últimamente es muy peligroso.

Camille desapareció en la escalera, como aspirado por su propia melancolía.

La barcaza se vació poco a poco, y Henri siguió a Jessica Rabbit canturreando «Why Don't You Do Right?».* Las Barberettes se ofrecieron a quedarse

---

* La canción interpretada por Jessica Rabbit en la película *¿Quién engañó a Roger Rabbit?*, de Robert Zemeckis.

con Gaspard, pero él se negó. Le gustaba estar solo en la bodega. Se acurrucaba en el silencio y volvían a surgir los recuerdos. Se quedó plantado en medio de todos aquellos objetos, como si formara parte de ellos.

Pero esa noche los objetos que solían reconfortarlo le daban vértigo. Los buenos recuerdos más aún que los malos. Mirar el retrato de Sylvia le provocaba palpitaciones.

Deambuló junto a la barra. Las lámparas se balanceaban suavemente. El viento rugía contra el casco, como si el barco respirara a trompicones.

Pasó la mano por los libros antiguos de debajo de la barra. Gaspard volvió a ver a su abuela leyéndole pasajes. Su pasado le saltaba a la garganta.

¿Y si Camille tenía razón?

¿Y si soltaba amarras?

Volver a empezar. Reinventar su vida en otro sitio. Convertirse en otra persona. Quemar el pasado.

Aprender otra lengua, olvidar. Olvidarse de sí mismo. ¡Romper la banquisa!

Dejar que todo volviera a crecer en él, volver a abrir el campo de lo posible, cultivarlo. Lanzar a las nubes un puñado de semillas de otro yo.

¡Sembrar! ¡Sembrar! ¡Sembrar!

Desaparecer.

Cambiar de nombre.

¡Marcharse a una gira (de magia) y no volver jamás!

Pero Gaspard no podía desaparecer, y además en realidad no quería. Todo lo que lo mantenía vivo seguía vinculado a sus raíces. Si las cortaba, se mataba. Vivía para su familia, aunque fuera una familia de fantasmas. Su padre no entendía por qué deseaba tanto que los muertos estuvieran orgullosos de él.

Hay personas que viven mejor con animales que con humanos, y otras se sienten mejor aisladas en medio de un bosque. Para Gaspard eran los fantasmas. O los «recuerdos», como prefería llamarlos su padre. En México dicen que cuando se olvida a un muerto, muere por segunda vez. «Lavo y plancho las sábanas de los fantasmas del Flowerburger para que, si deciden aparecer, estén impecables. Cuido mis recuerdos, eso es todo», había explicado esa noche entre dos canciones.

El barco cabeceaba más que de costumbre. Los remolinos azotaban el casco, y la espuma explotaba contra los ojos de buey. Los farolillos se convertían en péndulos. Cúmulos de niebla se incrustaban en la cubierta. El estrave se hundía en los remolinos, aunque el barco no se movía. Parecía una tormenta a cámara lenta.

Gaspard solo se había bebido dos whiskies, pero oía golpes en la proa. «¡Pum! ¡Pum! ¡Pum!» Echó un vistazo por el ojo de buey. Nada a la vista, salvo la oscuridad.

«Pum… ¡Pum! ¡Pum!»

Gaspard subió los escalones de la escalera que llevaba a la cubierta a cámara rápida. Nada a la vista, salvo la lluvia. Destellos silenciosos pulsaban el interruptor «día» en plena noche.

El sonido se acercaba. «¡PUM! ¡PUM! ¡PUM! ¡PUM! ¡PUM!»

Volvió a sonar la melodía de cristal. Nunca la había oído tan cerca. Una luz plateada apareció y desapareció en la superficie. Como si el faro de la torre Eiffel apuntara al Flowerburger. Algo rechinaba debajo del casco. Rascaba. Se detenía. Rascaba. Volvía a empezar.

Y de repente silencio total.

6

Gaspard no era el único que oía aquella melodía punzante. Delante del Flowerburger, el zazú parecía más desorientado que un zombi saliendo de su tumba. Zigzagueaba por el muelle acercándose peligrosamente al río. A medida que aumentaba el volumen de la melodía, aceleraba el paso. Se tambaleó hacia la zona sumergida del pontón. Luego se metió en el agua, vestido y en plena noche. Se agarró el pecho con las dos manos. En unos segundos el Sena lo había succionado.

Gaspard, que no sabía lo que acababa de pasar unos metros más allá, decidió marcharse de la barcaza. Habría preferido dormir en la hamaca de la cubierta, pero tenía que dar de comer al gato. Cogió sus viejos patines de cuero de detrás de la barra. Volver a casa en patines le relajaba. Patinar era pasear a cámara rápida. Aquella noche, París se había disfrazado de Londres. Una bufanda de niebla ocultaba las estrellas, y el Sena seguía creciendo bajo la lluvia.

El extraño tintineo se reanudó cuando Gaspard cruzó la landa de niebla en la que se había perdido el zazú. La melodía procedente del río parecía seguirlo. La tarareaba sin darse cuenta mientras se deslizaba por los muelles.

Una furgoneta-ambulancia pasó por su lado cuando creía que estaba solo en el mundo en aquella París dormida. Atravesó la calle del Petit-Pont y llegó a la de la Bûcherie, cerca de Notre-Dame. La sirena de la ambulancia sonaba a lo lejos cuando tecleó el código de entrada de su edificio. A través del ascensor, un antiguo montacargas, se veían las plantas. Gaspard las observó desfilar silbando la extraña melodía.

Al llegar al tercero, levantó el felpudo para coger la llave. La había perdido tantas veces que prefería dejarla allí. Las noches de concierto, el escenario lo succionaba con tanta fuerza que Gaspard tenía dificultades para volver al mundo real. Siempre olvidaba algo en el Flowerburger, el teléfono, la tarjeta de crédito... Los efectos de la adrenalina del concierto duraban unas dos horas después de la última canción. Luego el cansancio se apoderaba de él. Entonces Gaspard solo deseaba una cosa: su cama.

Oyó los maullidos de su gato desde detrás de la puerta. Se había regalado aquel peluche viviente cuando su mujer lo había dejado. Una pantera doméstica para sustituir a una tigresa salvaje. El gato dormía en el sitio de Carolina, se metía debajo del edredón exactamente como ella. Pero aunque de vez en cuando su mujer roncaba con tanta gracia como los gatos ronronean, no era tan frecuente que vomitara bolas de pelo en la almohada. En homenaje a su cantante preferido, lo había llamado Johnny Cash.

Gaspard metió sigilosamente la llave en la cerradura porque sabía que en cualquier momento podía salir su vecina y arrastrarlo a interminables conversaciones filosóficas sobre casi todo.

—Ha vuelto muy tarde, señor Gaspard…

Se giró y vio a la ineludible Rossy. Parecía un cuadro de Picasso, pero vivo. Picardías de raso y rulos, maquillada a cualquier hora del día y de la noche.

—¡Rossy! Me ha asustado…

—No es muy amable por su parte, señor Gaspard.

—Perdón, quería decir que me ha sorprendido.

Gaspard intentaba ser amable mientras hacía el gesto de entrar en su casa.

De repente Rossy lo miró fijamente con expresión de vieja amiga confidente.

—¿Y bien? ¿Buena pesca?

—Buenas noches, Rossy.

—Señor Gaspard, no querrá acabar solo, como yo… ¡Espere!

La vecina se sacó del bolsillo un Kinder Sorpresa y se lo tendió con expresión traviesa.

—Gracias, Rossy, pero tiene que dejar de darme un Kinder cada vez que vuelvo solo, ¿vale?

—¡Sí, sí!

Pero se quedaba ahí plantada, con una mirada tan bondadosa que llegaba a ser molesta.

—¡Buenas noches, Rossy! —dijo cerrando la puerta.

—Buenas noches, señor Gaspard.

Johnny Cash lo recibió con su voz de pájaro enfermo. No había forma de saber por qué maullaba. Salvo cuando estaba delante de su cuenco vacío. Su pelo era negro, como el traje que se ponía el cantante en toda ocasión. Sus ojitos amarillos le daban cierto aspecto de lechuza.

El apartamento de Gaspard era un antiguo nido. Allí se había incubado un amor terriblemente feliz. Desde la ruptura, el estudio había sufrido una especie de mutación. Pilas de discos de vinilo al lado de una torre de Pisa de libros. Ukeleles, guitarras y mandolinas colgaban del techo. Un piano de cola en miniatura, una guitarra grande y un tren eléctrico desparramados por el salón-jungla, que también hacía de cocina y de estudio de grabación. Cada noche Gaspard estaba a punto de matarse al pisar una locomotora o un skateboard para ir a mear. Acumulaba los objetos como los recuerdos. Compulsivamente. Con el paso de los años, su casa se había convertido en un taller low-cost de papá Noel.

Gaspard dejó caer su cuerpo cansado en una silla y se desató los patines. Luego abrió el Kinder de Rossy. La cantidad de sorpresas colocadas en el estante de encima del fregadero permitía calcular la duración de su celibato. De alguna manera, el apartamento funcionaba como un anexo del Flowerburger, con su jukebox llena de cantantes muertos y sus máquinas de palomitas antiguas. Salvo que en este mausoleo debía enfrentarse al fantasma de una persona viva.

Recordaba muy bien el día que Carolina lo había dejado, tras haberle dado una carta escrita por un psicólogo. La miró fijamente a los ojos y le repitió: «Me rompes el corazón». Dos veces. Ella se sorbía los mocos, sufría en su rincón, pero en ningún momento le contestó. Aquel día algo se rompió dentro de él. Su mundo se derrumbó.

En Gaspard no existía la zona de transición entre la alegría y la melancolía. Siempre se lo tomaba todo a pecho. De los despistados se dice que están en la luna, pero él a veces se perdía en el hielo de Plutón. Desde la ruptura, pasaba temporadas cada vez más largas en Plutón.

Gaspard se puso la camiseta de Johnny Cash que utilizaba como pijama. Como todas las noches, se metió en la cama con el gato en el sitio de Carolina. La cabeza y las patas sobresalían por debajo del edredón. Una foto enmarcada de la pareja cantando en el escenario se alzaba en un estante, reliquia de un tiempo pasado.

Para que le entrara el sueño, Gaspard hojeó el único ejemplar del *Libro secreto de los sorpresistas*, que le había dado su abuela. «Un día leerás este libro, y sobre todo, lo más importante, seguirás escribiéndolo», le dijo antes de morir.

Algunas páginas se abrían en pop-up. Los grandes monumentos parisinos surgían en origamis pintados a mano, un Flowerburger en miniatura se alzaba en los muelles, y el roble que Sylvia había plantado el día de su nacimiento brotaba del papel. Aunque Gaspard sabía el truco, siempre se quedaba fascinado. Como una escena cinematográfica que sabemos de memoria pero de la que no nos cansamos. Dobles páginas con mensajes secretos que se leían al trasluz, mapas de tesoros, viejos billetes de tren metidos en bolsillitos creados para este propósito, cada página del libro reservaba una nueva sorpresa. Gaspard acabó durmiéndose con el ejemplar en las manos. Johnny Cash lo observaba con sus grandes ojos amarillos, que hacían juego con su collar.

El día entró en la noche como una gota de leche en un café solo. Gaspard era especialista en sueño agitado. Soñaba con tanta intensidad que a veces se despertaba.

¡Y aquella melodía seguía persiguiéndolo! Se levantó para tocarla en su pequeño piano rojo. De nuevo estuvo a punto de matarse al pisar un patín. Johnny Cash se metió debajo del sofá maullando algo incomprensible. Lo habitual.

Gaspard se sentó delante del teclado, tan pequeño que en comparación él parecía gigantesco. Tanteaba las teclas para reproducir la melodía.

—¿Qué te parece? —dijo dirigiéndose a Johnny Cash.

Solía hablarle como si fuera un ser humano y fingía interpretar sus respuestas. A veces discutían.

El gato se acercó con sus andares de pantera en miniatura, se erizó sacando las uñas, le resopló con agresividad y volvió a meterse debajo del sofá.

—¡Gracias por darme ánimos!

Gaspard siguió perfeccionando el tema sin dejar de tararear la melodía. El gato maullaba desafinando más que Florence Foster Jenkins.* El auténtico Johnny Cash debía de revolverse en su tumba. Lo

---

* Florence Foster Jenkins fue seguramente la peor cantante de la historia. Aunque desafinaba y perdía el ritmo, tuvo cierto éxito. Su paso por el escenario del Flowerburger le granjeó el título de sorpresista. Grabó una versión fabulosamente aproximada de las *Bodas de Fígaro* de Mozart en el voice-o-graph.

que por otra parte sería una buena noticia, porque significaría que quizá se disponía a volver, como un vampiro del country.

Alguien llamó a la puerta. Gaspard, hipnotizado por su propia melodía, apenas prestó atención. El gato sí lo había oído.

—¿Señor Gaspard Snow?

Gaspard acabó levantándose del pequeño piano y yendo a abrir. Dos repartidores lo esperaban, y entre ellos el voice-o-graph. Sujetaban la vieja máquina como un ataúd, y parecía que se les fuera a caer cada diez segundos. Eran como empleados de funeraria en chándal. Parecían fabulosamente tontos, aunque quizá no lo eran. Los fantasmas del voice-o-graph debían de estar mareados. Gaspard se sentía como el nieto de Gustave Eiffel, al que dos gigantes idiotas hubieran ido a devolverle la torre porque ocupaba demasiado espacio en el Trocadéro.

Gaspard firmó los papeles ante la mirada de Johnny Cash, que soñaba con que fuera un arco de triunfo de croquetas. Con el voice-o-graph en medio del salón, su apartamento parecía aún más una tienda de antigüedades.

Su ira ascendió más deprisa que la espuma de una botella de agua con gas que se hubiera caído al suelo. Gaspard tenía una tolerancia extremadamente baja a la injusticia. Romper cualquier objeto le habría resultado de gran ayuda, pero estaba rodeado de recuerdos a los que tenía demasiado cariño para vengarse con ellos. Se puso los patines y el traje como quien se pone un uniforme de combate. ¡Rumbo al Flowerburger!

Gaspard atravesó la madrugada con rabia en el estómago, en el corazón, en todas partes. Al saltarse un semáforo en rojo poco faltó para que lo atropellara un autobús. La ira lo propulsaba. Un trance melancólico se apoderaba de él. Cuando llegó al muelle en el que estaba amarrada la barcaza, se le encogió aún más el corazón.

7

Camille, sentado a la barra del Flowerburger, se bebía un café leyendo el periódico en voz alta.

–«Crecida del Sena, un muerto en el quai de Montebello y varias personas desaparecidas…» ¡Encima de que apenas viene nadie, solo falta que la gente se muera antes de llegar!

Henri llegó al casco con los brazos llenos de flores para las hamburguesas.

–¡Hola, Camille! –le dijo dándole dos besos.

–¿Has visto las ratas en el pontón? ¡Grandes como gatos! –le contestó Camille.

–No… Son gatos. Con disfraces de rata muy realistas, pero son gatos, no te preocupes –le dijo Henri con una carcajada.

En el pequeño escenario, las Barberettes ajustaban el sonido del micro tarareando una melodía que recordaba a la que procedía del río. El chirrido del parquet daba el compás, y el chapoteo del agua, el tono.

—¿Qué canción es esta? —preguntó Camille—. Me recuerda a algo.

—¡Me pregunto si no será lo que atrae las ratas! —bromeó Henri.

Las Barberettes siguieron desarrollando la armonía, sonrientes.

—Esta tarde vendrá un comprador a ver el barco. Si pudierais tocar algo más pegadizo, os lo agradecería. ¿Sabéis «Singin' in the Rain»?

Las Barberettes se detuvieron y empezaron a interpretar «Cantando bajo la lluvia» con sus voces de dibujos animados.

Gaspard apareció en lo alto de la escalera con los patines al hombro y la guitarra en bandolera.

—¿Por qué me haces esto? —gritó.

—Para hacerte un favor. ¡Tú recuperas el voice-o-graph, y yo dejo esta barcaza en ruinas presentable para venderla de una vez! Te conozco como si fuera tu padre. ¡Y además soy tu padre, hijo! Aunque no te des cuenta, tienes que hacerte a la mar, soltar amarras y hacer tabula rasa del pasado, que está ahogándote…

—Sylvia jamás habría vendido el Flowerburger. Lo mantuvo a flote incluso en plena guerra, ¡y tú lo vendes así, tan tranquilo!

—Tu abuela ya no es de este mundo, Gaspard… Es duro, lo sé, pero tendrás que hacerte a la idea…

—Ella habría luchado. Habría dado muestras de inventiva y de coraje… Habría intentado hacer algo. ¡Tenía arrojo! ¿Qué ha pasado con tu arrojo?

Padre e hijo se miraron con desprecio, midiendo con la mirada la distancia entre los dos bandos. Se querían y sufrían la misma ausencia, pero para Gaspard su padre acababa de pasarse al bando enemigo.

Dejó la guitarra en la barra y se metió en el hueco de la escalera de madera.

—¿Adónde vas así?

—A comprarme libros, a ver si me calmo. ¡Estoy cruzado!

—¿Se te ha cruzado un cable? —le preguntó Camille, provocador.

—¡Varios cables! ¡Muchos cables! —masculló Gaspard, tenso como un arco.

—¿Qué te crees? ¿Que todo esto me importa una mierda? ¡Aquí tengo más recuerdos que tú!

Las Barberettes, que no entendían bien el francés, sonreían tomándose un café. Cuando Gaspard desapareció por la escalera, una de ellas le tiró un beso con la mano. Henri no se atrevía a desempaquetar las flores. Se quedó plantado delante de la barra con los brazos llenos de ramos. Camille movió la cabeza, despechado.

8

Al día siguiente de la crecida, resaca. Sumida en sus alcantarillas, rebosantes de ratas, París estaba resacosa. El Sena vomitaba un barro amarronado de nieve derretida. Había llegado el momento de empaquetar los arcoíris. Acababa de empezar la decrecida.

Aquí y allá yacían nuevos objetos atrapados por la retirada de la gran marea fluvial: un aspirador que parecía R2D2, un carrito de supermercado, un balón de fútbol Euro 2016 y un enorme pez gato al que no le quedaba tan bien el bigote como a Jean Rochefort. Pese a las recomendaciones debido a las numerosas desapariciones a orillas del río, la gente se acercaba cada vez más y se hacía fotos delante de los peces gigantes varados.

París se había quedado dormida sin desmaquillarse. Quedaban algunas estrellas al final de las ramas. Pero bajo el cráneo de Gaspard nevaba. En su interior paseaban ideas más oscuras que la noche. Él, el viejo niño barbudo que en el lugar del cerebro tenía el corazón. ¿Dónde se escondería si vendían el Flowerburger?

Deslizarse por los muelles atenuaba ligeramente su ira. Se convertía en melancolía. Era una sensación menos ácida pero más pegajosa, y ya no estaba del todo seguro de querer librarse de ella. El accidente amoroso lo había enfermado gravemente. Una enfermedad de muerto viviente: el burn-out. Resistía, mantenía a raya sus cohortes de demonios. Burn-in! Pero sin la muleta mágica que representaba el barco, todo volvería a hundirse.

Una explosión devolvió a Gaspard a lo que sucedía a su alrededor. Acababa de fundirse una farola. Las demás cantaron como cigarras eléctricas hasta que también se apagaron. El sonido del viento se volvió musical…

Gaspard reconoció de inmediato la melodía que lo perseguía desde la noche anterior. Procedía del puente. De debajo del puente. Se acercó, como imantado por el sonido. ¿Era una sierra musical? ¿Un violín muy viejo? El volumen aumentaba. Nunca la había oído con tanta nitidez.

Se acercó más. Una luz azulada palpitaba debajo del puente. El sonido salía de ese destello, de ese fuego en miniatura. «¿Qué es eso?», pensó en voz alta.

Gaspard se arrodilló en la orilla del río para observar desde más cerca. El resplandor se extendía entre los remolinos y los adoquines. El foco luminoso parecía sólido, como una joya muy grande.

¡Era una especie de pez! Aún más imponente que el pez gato que se parecía a Jean Rochefort. ¡Un hermoso ejemplar! Si era un siluro, nunca había visto uno tan elegante. Escamas ligeramente tornasoladas, que recordaban al interior de un copo de nieve. Una larga cola de pez con diamantes azules engastados que parecía recortada de la luna.

La mirada de Gaspard recorrió la aleta. De repente las escamas daban paso a una piel de alabastro. Blancas caderas sobre las que se alzaban unos pechos de cuento de hadas: dos islotes impregnados de luz de luna.

Sin duda no era del todo un pez ni del todo una chica, pero era formidablemente hermoso. O hermosa.

No sabía de qué se trataba ni qué hacer, pero se daba cuenta de que era extraordinario. La palabra rebotaba en las paredes del cráneo de Gaspard. ¡Extraordinario!

De sus labios salía una tenue melodía... ¡*La* melodía!

Las preguntas que lo acribillaban como flechas eran tantas y tan rápidas que no conseguía responder ninguna. ¿Era una criatura de cristal? ¿De qué estaban hechas sus cuerdas vocales para producir ese sonido? Sus párpados cerrados se prolongaban en largas pestañas plateadas. ¿La obra de un soplador de vidrio? ¿De un maquillador de estrellas? Una melena de oro en polvo caía en cascada sobre sus minúsculos hombros. Ella tiritaba.

Gaspard estaba petrificado de estupefacción. Su cerebro luchaba, pero no conseguía integrar la imagen que se proyectaba en sus retinas. Piernas con escamas-diamantes engastadas que solo eran una. No tenía rodilla, sino una aleta en el extremo. Tan fina que era casi translúcida. Gaspard temía romperla solo con mirarla.

Volver en sí. Calmarse. Pensar. Le tranquilizaba no mirar a la criatura varios segundos seguidos. Su mirada se perdió en el horizonte. Seleccionaba las ideas-cohetes que explotaban debajo de su cráneo. ¿De dónde salía? ¿Se había disfrazado de sirena porque había perdido una apuesta? ¿Era una broma de Henri? ¿Había intentado suicidarse?

Gaspard decidió comprobar el material. Acercó muy despacio la mano a la aleta, con el temor de quien va a acariciar un tigre. Su textura tenía la suavidad incongruente del terciopelo húmedo. Muy parecida a su recuerdo del contacto con la piel de un delfín.

Cuanto más compilaba su cerebro las explicaciones racionales, más le susurraba su voz interior otra cosa. Una cosa inexplicable.

Se acercó más.

En la cintura, las escamas se convertían progresivamente en piel humana. No había límite concreto, ni cinturón. Se transparentaban por debajo de la piel, que tomaba el relevo, antes de desaparecer del todo a la altura del pecho. La idea de que fuera un disfraz no conseguía tranquilizarlo. Estaba demasiado bien hecho.

El pez-chica era tan hermoso que, aunque tenía los ojos cerrados, Gaspard no podía sostenerle la mirada. Su boca, un parachoques de un auto de choque de porcelana. No estaba claro que pudiera comer con esos labios, pero ¡besar sí! Sus pechos le recordaban a dos bonitas panacotas de vainilla moviéndose en un plato, y sus nalgas, a una lámpara de hotel de lujo. Una sirena.

Las sirenas no existen. Gaspard era experto en soñar despierto. Podía imaginar todo tipo de cosas. Pero esto era real. Solo había bebido té con menta, y, aparte de un paracetamol y vitamina C, no había consumido ninguna droga. Y frotarse los ojos no cambiaba lo que estaba viendo…

El pez-chica ya no cantaba. Gaspard lo oía respirar, y su respiración era cada vez más breve. Al observar más de cerca, vio un gran corte en la parte inferior de su cola de escamas. Lo que parecía ser sangre era azul… una sangre de tinta que le ponía los pelos de punta.

Gaspard se quitó la americana y tapó con ella a la criatura. Le tomó el pulso en la muñeca instintivamente. Nada. Luego en el cuello. Nada. Torpe y avergonzado, pegó la oreja a su pecho. Oyó el sonido de un corazón, casi un ruido de burbujas.

La criatura tenía cara de cadáver. Un cadáver hermoso, es verdad, pero aun así un cadáver. ¿Qué debía hacer con ella? ¿Llevarla a la barcaza para intentar reanimarla antes de liberarla? ¿Llevársela a casa? Se arriesgaba a cruzarse con su vecina, que le haría más preguntas que un inspector de policía. ¿Y si la palmaba en sus brazos? ¿Qué haría con el cuerpo? ¿Cómo justificar su buena fe?

Gaspard se concentraba para tomar la decisión más razonable. A pesar de su evidente extrañeza, la criatura necesitaba que la viera un médico. O un veterinario. ¿O los dos? ¡Quizá a la vez!

Decidió llevarla a urgencias. Pero no tenía carnet de conducir, y no se veía cruzando la ciudad en patines con un pez-chica medio desnudo en brazos.

Gaspard tuvo todos los problemas del mundo para ponerle la americana a la criatura inanimada. Con las mangas demasiado largas, parecía un espantapájaros, aunque bonito. Levantó su culo de pez lo más delicadamente posible. Una mano debajo de los muslos, y la otra en medio de la espalda. Una mierda de príncipe encantador con una bella bañista durmiente. ¿En qué berenjenal se había metido?

Subir escaleras resbaladizas en patines con un pez-chica en brazos era más agradable que cruzar una pista americana, pero igual de difícil. Una chica de cristal debía de ser frágil. Si se le caía, podría romperse en mil pedazos.

Gaspard acabó cargándosela al hombro como un viejo saco de patatas. Avanzaba casi a ciegas, con la aleta delante de los ojos. Su pie resbaló en la acera y estuvo a punto de tirar a la criatura a la carretera. La dejó en un banco para parar un taxi. Luego otro, y otro más. Ninguno se dignaba a pararse. Reducían la velocidad, y en cuanto veían a la muchacha tirada en el banco, aceleraban. Hay que reconocer que tenía una pinta de lo más dudosa, con la americana de hombre, de la que sobresalía la brillante cola de sirena. «No llevo a borrachos», le explicó amablemente un taxista, y arrancó a toda velocidad.

Gaspard intentó pedir un taxi con el móvil, pero no había ninguno disponible antes de quince minutos. En cuanto al SAMU, estaban aún más desbordados que el Sena.

Un tío borracho que andaba como un zombi de «Thriller» se paró de golpe delante del banco y empezó a hablar al pez-chica. Imposible saber las tonterías que decía. La lengua del exceso de alcohol. Gaspard se quitó de encima al que acababa de salir de una discoteca, que reducía aún más sus posibilidades de encontrar un taxi.

La criatura se recuperó un poco, respiraba entrecortadamente. Sus párpados seguían cerrados. La sacudían espasmos. Gaspard le tomó el pulso, que había encontrado por fin. Latía muy débil, a un ritmo irregular.

Un vehículo oxidado y que avanzaba a trompicones se detuvo por fin ante ellos. Era un viejo tuk-tuk de tres ruedas cubierto de pegatinas. El conductor, un indio muy viejo con bigote de Dalí, le gritó:

—*Ik... siiii? Okopac?*

No estaba borracho, pero se le entendía aún menos que al zombi.

—Buenas noches... Disculpe, señor... ¿Podría llevarnos al hospital más cercano?

El conductor del tuk-tuk sonrió observando a la criatura. La suya no era una dentadura, sino una joyería. Una joyería muy vieja.

—¡Hospital! ¡Enferma! *Sick! Very sick!*

Mueca de incomprensión total.

—*Me Hindu. Not Sikh. Hindu! Hindu!*

El conductor no dejaba de mirar a la extraña chica. Bajó para observarla de cerca.

—¡Señor! ¿Señor? Eh… No está bien, tenemos que llevarla al hospital, ¿entiende hospital? ¿Sí?

El conductor ya no lo oía.

Gaspard se quitó rápidamente los patines y los dejó en los brazos del conductor. Dejó a lo que parecía una sirena en el asiento de atrás de aquel cacharro y salió a toda velocidad, que no era mucha, pero en fin. El conductor corría detrás de ellos levantando los patines y gritando «*Iki-uku-kapak*» y «*Maaafffaaa pakupaku*».

La cola de la criatura sobresalía por la ventana. Como se hacía antiguamente para indicar que se iba a girar, pero en este caso siempre hacia el mismo lado. Gaspard miró por el retrovisor. Le daba la impresión de estar transportando un trozo de torre Eiffel iluminada.

En el primer semáforo en rojo volvió el zombi. En cuanto al conductor, corría como un loco para recuperar su cacharro-carroza.

El zombi extendió los brazos flácidos hacia Gaspard.

—Ooooh… Eeeeh… —dijo.

Gaspard arrancó antes de que el semáforo se hubiera puesto en verde y pilló un badén a demasiada velocidad. La sirena saltó del asiento con un ruido de pulseras, de pulseras que chocan entre sí en la penumbra amorosa al quitarse la ropa. Hacía mucho tiempo que no oía ese ruido.

Giro de noventa grados derrapando entre la plaza de la République y la calle del Faubourg-du-Temple. La criatura estaba a punto de salir por la ventana. Cabeceaba en el asiento de atrás, y la aleta se retorcía al viento. Las escamas difractaban la luz de los faros.

Su cuerpo se zarandeaba en cada giro. No reaccionaba a las sacudidas, y sus ojos seguían irremediablemente cerrados. En los semáforos en rojo, la gente le hacía gestos raros, como cuando se te ha pinchado una rueda o llevas el maletero abierto.

Gaspard sintió un fuerte hormigueo en el brazo izquierdo, pero no tenía tiempo de preocuparse de eso. Un policía en moto que pasaba por su lado echó un vistazo a la criatura tirada en el asiento trasero.

—Parece que su amiga no se encuentra bien… ¿Ha bebido demasiado?

—¡Sí, está como una cuba! La llevo a casa, no se preocupe.

Gaspard salió disparado, no se veía explicando a un diligente policía que estaba llevando al hospital en un tuk-tuk robado a una criatura que se suponía que no existía y que podía estar muerta.

—¿Todo bien ahí atrás?

9

En el hospital, en la sala del personal, dos médicas de urgencias se quitaban la bata, la mascarilla y el gorro para disfrazarse de sí mismas. La jornada había sido difícil, urgencias desbordaba de pacientes en espera. En su mayoría problemas cardiacos. Tras deshacerse el moño y soltarse la melena, la metamorfosis adquiría forma.

Milena pintaba con esmero una boca roja en su propia boca, y Alice comprobaba la eficacia de su pestañeo delante del espejo. Aquel momento de transición era una especie de ritual destinado a retomar el control de su vida.

—¿Has visto a Victor? Lo necesito…

—Siempre lo necesitas…

—¡Es verdad!

—¿Te lo ha preguntado?

—Sí, en el parking, imitando a Yves Montand.

—¿Por qué a Yves Montand?

—No lo sé. Cuando está contento, imita a Yves Montand.

Unos segundos antes, Alice y Milena eran dos gemelas vestidas con el mismo saco de patatas. Pero ahora ya no tenían nada en común. Alice era un pequeño caballo rubio, tan eficaz con los pacientes como invisible al otro lado de la vida. Milena era un animal totalmente distinto. Salvaje. Era pelirroja, como las brujas, y sus ojos eran piedras preciosas rotas. Su disfraz de ser humano le quedaba muy pequeño. Milena, hada hipocondriaca convertida en médica, comía productos ecológicos, pero cultivaba árboles de cigarrillos en su jardín. Cuando se quitaba la bata, se le veía en la espalda el tatuaje de un dragón escupiendo pétalos de rosa. Cartografía de una mente que no dejaba de funcionar. «La mujer cortocircuito», como la llamaban sus compañeros, podía tener ataques de rabia épicos que se le pasaban en segundos.

Su padre, un brillante neurólogo, se había suicidado tras haberse enamorado de una paciente a la que no había conseguido salvar. Milena tenía diez años cuando lo sorprendió con aquella mujer, once cuando lo vio administrarse una dosis mortal de morfina. La versión oficial fue un infarto, pero en realidad su corazón enamorado explotó. Milena sufrió los daños colaterales. Le aterrorizaba el abandono y odiaba el amor. No confiaba lo más mínimo en los hombres, y menos aún en las mujeres, a las que envidiaba de manera enfermiza. Prefería abandonar a arriesgarse a que la abandonaran. Bueno, hasta que conoció a Victor y sus imitaciones de Yves Montand.

Lo encontró fumando un cigarrillo delante de la entrada de urgencias. Llevaba unos Crocs a juego con su bata de color bolsa de basura, su máscara quirúrgica alrededor del cuello y un tupé de campeonato impecablemente engominado. Parecía Serge Gainsbourg de joven con el peinado de Elvis Presley.

—He oído decir que me necesitabas… —le dijo, juguetón, y la besó.

Le ofreció un cigarrillo, que ella rechazó dejando escapar una sonrisa.

—No me encuentro nada bien.

—¿Cómo que no te encuentras nada bien?

La sonrisa de Milena se amplió de golpe. Cuando sonreía era otra persona.

—Náuseas, esas cosas…

—Uau, ¿crees que…?

—Tranquilo, quizá solo es el cheesecake del mediodía, que me ha sentado mal.

Victor apoyó delicadamente la mano en su barriga.

—Esto… no es un cheesecake —dijo fingiendo ser un experto muy seguro de sí mismo.

—Me haré la prueba esta tarde.

Victor abrazó a Milena, la levantó de golpe y se la colgó al hombro. Cruzó el parking de urgencias imitando a un caballo. Victor imitaba especialmente bien los caballos. Como estaba de muy buen humor, no tardó en añadir un toque de Yves Montand.

Sonó el móvil de Milena. Al principio pensó en no contestar. Pero no pudo evitarlo.

—¡En bicicletaaaaaa! —relinchaba Victor.

—¡Shhhhhh! —le dijo Milena contestando el teléfono—. ¿Sí?

—¿Aún estás aquí?

—Ya me marchaba…

—Tenemos a un paciente con alucinaciones. ¡Nunca había visto algo así! Le hemos hecho pruebas de alcoholemia y de estupefacientes, pero no hemos encontrado nada. Es gracioso, pero está pirado.

—Ya voy, ya voy…

Milena colgó el teléfono alzando los ojos al cielo.

—Ahora vuelvo, me necesitan.

—Entonces ¿no te espero?

—¡Sí, sí! Así volvemos juntos…

El sobrentendido les hizo sonreír. Hacía mucho tiempo que intentaban tener un hijo. Un nerviosismo alegre se apoderó de ellos.

Volverían a casa en coche, aparcarían y subirían corriendo la escalera. Milena sacaría la prueba de embarazo como quien descorcha una botella de champán. Quizá estaba en curso el acto de creación más extraordinariamente normal del mundo. Victor podría imitar a Yves Montand hasta el amanecer.

10

Gaspard aparcó delante de la entrada de urgencias del hospital Saint-Louis. Las luces de las ambulancias vestían de oro azul la cola, que sobresalía del tuk-tuk. El pequeño vehículo parecía un cofre del tesoro olvidado en el parking de un supermercado.

En su teléfono empezó a sonar el tono personalizado de su padre. Gaspard no se veía explicándole que llegaría tarde porque había encontrado un pezchica medio muerto en los muelles. Rechazó la llamada.

Reajustó la americana en el cuerpo de la criatura temblorosa tirada en el asiento trasero. Unas gotas de sangre azul resbalaban por la aleta.

—Ahora... ¡Ahora vuelvo! ¡Lo antes posible! —le dijo, cada vez más nervioso.

Gaspard se lanzó en un sprint sorprendentemente rápido para no llevar zapatos. Tan rápido que golpeó la puerta de entrada, que se suponía que era automática. Retrocedió, la puerta se abrió y acabó entrando a paso rígido. Desde niño había desarrollado una torpeza crónica especialmente grave. Camille decía que lo había mordido Pierre Richard y había contraído la «Pierrericharditis».

Desde el otro lado del parking, Victor observaba la maniobra de Gaspard. Frunció el ceño ante el extraño vehículo y la cosa brillante que sobresalía por la ventanilla.

En recepción, una secretaria con mirada de lémur muerto recibió a Gaspard con el entusiasmo de una funcionaria de la oficina de empleo.

—Sí, ¿de qué se trata?

—Hay alguien inconsciente en el t… en mi coche.

—¿Desde cuándo?

—¿Desde cuándo qué?

—¿Desde cuando esta persona está inconsciente?

—No lo sé… La he encontrado inconsciente en los muelles…

—¿Tiene su tarjeta médica?

—¿Cómo?

—Su tarjeta médica, ¿la tiene o no?

—Eh… no, pero puedo darle la mía.

Gaspard vació sus bolsillos en el mostrador. Papeles de caramelos, armónica, sorpresas Kinder e incluso el cuaderno que siempre llevaba encima, el

Libro secreto de los sorpresistas. Había de todo menos una tarjeta médica.

Detrás de él, la sala de espera era la corte de los milagros. Un desfile de zombis en zapatillas. Uno de ellos llevaba un collarín y se había abierto el arco ciliar. Comía patatas fritas con la cara cubierta de sangre. A su lado, una mujer enorme en pijama de forro polar repetía una sola frase en una lengua que quizá se había inventado. Se levantaba, un enfermero se acercaba a ella y le pedía que se quedara sentada, y volvía a levantarse. De vez en cuando esbozaba una gran sonrisa.

Decían un apellido, y alguien se incorporaba de su silla con una mueca. Aparecían por allí varias batas blancas.

En el parking, la cola de la sirena flotaba al viento. En el trayecto se había agravado su herida. Unas gotas de sangre azul resbalaban por la puerta.

Tras haberse encendido otro cigarrillo con el anterior, Victor se puso las gafas y se acercó al tuk-tuk. La criatura estaba tumbada en el asiento, reluciente.

—Señorita, ¿me oye?

Abrió la puerta y se metió en el asiento trasero para auscultarla.

Victor se negó a dejar que el monstruo de la belleza lo desestabilizara y se concentró en los cuidados que podía proporcionar.

Le tomó el pulso, que era extraordinariamente lento. Solo treinta latidos por minuto. Su temperatura era de diecisiete grados. El equivalente de una muerta a la que le late el corazón. Victor sacó el estetoscopio para escuchar con mayor precisión los latidos de aquella mujer-diamante. Sonaba como una percusión de cristal. Formaba una melodía. Le levantó un párpado con las yemas de los dedos y descubrió el ojo ultraazul.

—Señorita… ¿Me oye?

Victor desplegaba toda su delicadeza para que la criatura volviera en sí, pero no servía de nada. Le dio palmaditas en la mejilla helada. Su cara de porcelana lo succionó. Sus ojos se abrieron lentamente. Tenían la belleza feroz de un ave rapaz. Miró a Victor a los ojos cantando.

Su voz se volvió más clara y el volumen aumentó. Un vibrato de cantante de ópera invadió el parking.

Victor respiró el sonido, lo inhaló nota a nota. Le hormigueaba todo el cuerpo. Efluvios de voluptuosidad, incontrolable deseo de acurrucarse, de fusionarse. Sentía que lo traspasaba un poco más cada segundo. Flechazo y lluvia de estrellas fugaces. Ya no podía evitar mirar la boca de la criatura. Toda su mente abocada a una idea fija: besar. Tenía el cuerpo imantado, y el corazón le golpeaba el pecho como si alguien quisiera salir.

Victor ofrecía resistencia a los flashes eróticos que le atravesaban la mente. A él mismo le sorprendía su imaginación. Sentía que se perdía, que se iba. Con cada vibrato lo acorralaba un poco más. El cuello se le quedaba rígido. También él empezó a tararear la melodía, y de repente se mareó. Una gota de sudor frío le resbaló por la frente, y su brazo izquierdo se volvió pesado. Le fallaban las piernas. Le fallaba todo el cuerpo. Algo empezaba a arder dentro de él. El sistema de alarma psicológico se había activado, pero su conciencia flotaba por encima. La criatura susurraba su melodía de cristal, sin recuperar la respiración. El sonido se arremolinó hasta que él lo atravesó. Sensación de puñaladas en el pecho. Victor se desplomó.

o

—Bueno… ¿Puede decirme su fecha de nacimiento? —le preguntó el lémur muerto en un tono de puerta de Guantánamo.

—No, pero si no nos damos un poco de prisa, podré decirle la de su muerte… —le contestó Gaspard.

—Oh, no se enfade, señor… Si no tiene su tarjeta médica, no puedo hacer nada.

El paciente con una bolsa de hielo en la sien se dirigió a él.

—Yo tengo la tarjeta y llevo cuatro horas esperando… Tiene usted para rato, amigo.

En el parking, dos hombres ayudaban a duras penas a Victor a incorporarse.

Al lado, un perro de pie sobre las patas traseras amenazaba con morder la aleta de la sirena. Gaspard giró la cabeza y vio el fox terrier y a las personas que empezaban a acercarse al tuk-tuk. Dejó plantada a la secretaria y corrió hacia el parking.

Victor se tambaleaba en dirección al hospital. Su bata flotaba fantasmagóricamente por encima del asfalto. Gaspard se cruzó con él a la altura de la puerta automática, aunque en realidad no lo vio.

El perro se retorcía en todas las direcciones, y sus ladridos se convertían en un grito de angustia. Gaspard lo ahuyentó y abrochó el cinturón alrededor del cuerpo de la sirena. Al final arrancó haciendo crujir los pequeños neumáticos.

Gaspard giraba, adelantaba por la derecha a los taxis en las curvas y preguntaba su ya tradicional «¿Todo bien ahí atrás?».

El cuerpo de la sirena rebotaba en el asiento. Gotas de sangre azul resbalaban por la puerta.

○

Victor apareció en la recepción con su pinta de resucitado borracho que no encuentra su tumba. La secretaria lo observó con una mirada circunspecta.

—¡Eh, la morfina es para los pacientes!

Él no contestó. Nada en él respondía. De pie en medio de la sala de espera, balbuceaba la melodía.

Milena cruzó la recepción con sus andares de hada mal disimulada. Su contoneo desprendía una fuerza magnética. Incluso el paciente que llevaba un collarín se giró para mirarla. Victor estaba sentado en la silla más cercana a la máquina de café. Un cigarrillo se consumía entre sus dedos.

—Aquí no se puede fumar, señor —le dijo sonriendo.

Victor no reaccionó. Se llevó la colilla a la boca, como un autómata.

—¿Nos vamos?

—No me encuentro muy bien…

—¿Has comido cheesecake?

—He visto una sirena en el parking.

—¿Ah, sí? Yo me he cruzado con un unicornio en el pasillo… ¡Casi me clava el cuerno!

Victor no reaccionó. Siguió postrado, con la mirada perdida en las volutas de su cigarrillo.

—¿Le has hecho el Yves Montand? ¡Apuesto a que le has hecho el Yves Montand! —exclamó Milena alzando los brazos al cielo.

—Esa voz… Nunca he oído nada más bonito que esa voz.

Milena suspiró, nerviosa, y se llevó las manos a las caderas.

«*Winter is coming!*», decía Victor cuando un ataque de celos asomaba en el horizonte. Excepto por la transformación física, Milena se convertía en Hulk. Destrucción de vajilla, lanzamiento de discos por la ventana y, para acabar, autosecuestro en el cuarto de baño. Por más que Victor imitara a Yves Montand al otro lado del tabique, siempre llegaba el momento en que tenía que ir a mear al jardín. Un día, mientras paseaba por el puente del Havre, Milena lo llamó por teléfono. Intercambiaron unas palabras, y de repente una gaviota pegó un grito justo al lado de él.

—¿Quién es esa puta que se ríe detrás de ti? ¿Te la has follado?

Milena sufría tanto que hacía sufrir a Victor, pero no podía evitarlo.

—Bueno, ¿nos vamos? —le preguntó secamente.

Puesta a convertirse en Hulk, prefería hacerlo en el coche.

Victor intentó levantarse, se agarró el pecho con las dos manos y se desplomó en el suelo. En un primer momento, Milena creyó que era una de sus bromas macabras. Le encantaba hacerse el muerto para que ella lo despertara. Caía como en los wésterns. Cuanto peor actuaba, más le divertía.

Pero ahora Victor actuaba demasiado bien. No se levantaba.

Por un momento, el ataque que empezaba a darle a Milena le impidió darse cuenta de la gravedad de la situación. Pero Victor seguía sin responder.

De repente se preocupó y se acercó a él para ayudarlo a levantarse. Su cuerpo estaba inerte. El pánico desintegró los celos, y Milena levantó el teléfono para pedir refuerzos.

Largos minutos después llegaron a la recepción dos camilleros. Torpes y bruscos, desconectados del momento presente.

Corrían por los pasillos. El tiempo descarrilaba. La mano izquierda de Victor se aferraba dolorosamente a su pecho. Milena le hablaba para intentar que volviera en sí.

Deberían estar volviendo a casa. Si el tiempo no hubiera descarrilado, poco después Milena descubriría si estaba embarazada o no.

Su pensamiento se resquebrajaba. La idea de la muerte contra la idea de la vida. La nueva realidad lo arrancaba todo a su paso.

La respiración de Victor languidecía. Milena buscaba su mirada, pero solo encontraba unos ojos que ya no parecían los suyos. ¡Y los dos imbéciles que nunca perdían la ocasión de chocar la camilla! Los giros, el ascensor, todo lo que no era recto les causaba problemas.

Algunas notas seguían escapándose de los labios de Victor, apenas un suspiro.

11

Gaspard sintió un hormigueo en el brazo izquierdo cuando aparcó debajo de su casa. Tomó todas las precauciones posibles para sacar a la sirena del tuk-tuk sin hacerle daño. Volvía a llevarla al hombro, como un saco de patatas mágico, lo que le permitió teclear el código y llamar el ascensor con la mano libre. De lejos, habríamos creído estar en el festival de Cannes por la noche, tarde, cuando los grandes moños se desploman bajo la lluvia y las más extrañas criaturas vuelven a ser humanas y se comen un cuerno de cruasán con su vestido brillante, con el culo apoyado en un bordillo de la acera.

Gaspard intentaba mantener su americana sobre los hombros de la sirena. Un estómago gorgoteó. No sabía si era el suyo. En cualquier caso, alguien tenía hambre.

La puerta del ascensor atrapó la cola de diamantes al cerrarse. Pulsó el botón para abrirla, cogió el extremo de la aleta para inclinarla suavemente y con un gesto rápido intentó poner en marcha el ascensor. Pero la cola se le resbaló entre los dedos y se desplegó con un golpe seco. La puerta se cerró por segunda vez, como la primera. Un vecino que esperaba el ascensor para volver a casa observaba la escena, boquiabierto. Gaspard acabó subiendo por la escalera.

Lo que nunca cuentan en las historias de búsqueda del tesoro es cómo lo hacen los piratas para cargarse al hombro todo el oro que han encontrado. Gaspard las pasaba canutas para subir con sus cincuenta kilos de diamantes en los brazos. Tenía que maniobrar para que la cola no se golpeara al girar. Todo ello en calcetines por escalones bastante resbaladizos.

Ya en el rellano, aún tenía que coger la llave de debajo del felpudo. Apoyó la muñeca desarticulada en la puerta del ascensor. Rossy, intrigada por el ruido, observaba la escena desde detrás de la mirilla. «Me gustaría saber dónde se compra esta la ropa», pensó.

Gaspard cerró la puerta con llave y cruzó el apartamento con la sirena en brazos. Y la clara impresión de haber recogido a una especie de Cenicienta por error. Que le habían entregado totalmente rota y sin instrucciones de uso.

Johnny Cash los seguía, maullando a su manera y arrugando la nariz ante lo que creía que era una sardina gigante.

Gaspard dejó a la criatura en la bañera. La aleta sobresalía como flores de un jarrón.

—Ya está… —dijo, tan concentrado como si acabara de meter una piedra preciosa en su estuche.

La criatura seguía inmóvil. Su cara con hoyuelos y su culo facetado le daban un aire de princesa de discoteca.

Gaspard abrió el grifo. En cuanto el agua entró en contacto con la cola de la sirena, ella abrió los ojos. Azules. Ultraazules. Un poco de océano en cada pupila. Su belleza se hizo aún más intensa. La criatura empezó a cantar su melodía, la melodía. Miraba fijamente a Gaspard como había mirado fijamente a Victor. No soltaría a su presa hasta que se desplomara al suelo. El sonido rebotaba contra las paredes embaldosadas del cuarto de baño. Todo era extraordinariamente dulce.

Cualquier hombre habría sentido un temblor cardiaco de nivel 7 en la escala de Richter. El estado de Victor era crítico. Pero Gaspard se concentraba en la temperatura del agua. Echó un poco de gel para que la espuma atenuara la proximidad con la desnudez de la criatura. Cuando se giró, ella dejó de cantar, pero no de mirarlo.

Por encima de la bañera se creó un silencio incómodo.

—*Are you all right?* ¿Está bien? —le preguntó Gaspard titubeando.

La sirena estaba perpleja. ¿Adónde había ido a parar? ¿Quién era aquel carcelero de gestos delicados pero con un acento inglés espantoso? ¿El fantasma de un pirata? Quizá un fauno. Le parecía que tenía cara de fauno. Su nana mortal no parecía afectarle. ¿Qué quería de ella?

Le dolía la aleta. Estar prisionera en aquel lago minúsculo, rodeada de sorprendentes patitos muertos, le preocupaba más que quedar atrapada en redes de pesca, lo que era habitual. Hasta ahora siempre había salido del apuro. Sabía rasgar las redes de un mordisco. También saltar de la cubierta de un barco dando un golpe de caderas o hipnotizar a un depredador. Pero escapar de un cuarto de baño… No debería haberse acercado a la orilla, era la regla absoluta. Mantenerse alejada de los hombres. Lo sabía.

Gaspard forzaba una sonrisa para indicarle su buena fe.

Al final parece más un mero que un fauno, pensó la sirena.

—*My name is Gaspard. I am Gaspard Snow…* Nieve —dijo tendiéndole la mano.

La criatura miró fijamente los cinco dedos tendidos sin responder a su gesto.

Gaspard retiró la mano, avergonzado.

—Debe de tener hambre… ¿Comer? *Eat?*

Gaspard hablaba con una mezcla de onomatopeyas y de lengua de signos. La sirena fingía escucharlo. Ya estaba pensando en su fuga. ¿Lograría acabar con su carcelero? ¿Cómo escapar de allí?

—Ahora vuelvo. ¡No se mueva! *Stay!*

El hombre más lento del mundo en tareas domésticas empezó a preparar rápidamente algo de comer. Como solo sabía cocinar pasta y tortillas demasiado hechas, preparó pasta y una tortilla demasiado hecha. Sacó también un poco de pescado rebozado que encontró en el congelador, porque se dijo que a su huésped le gustaría comer algo procedente del mar.

En el cuarto de baño, el canto de la sirena se reanudó con más intensidad. La nana mortal invadía todo el apartaller de Gaspard, más dulce y amenazante que nunca.

Sonó su teléfono. Esta vez no podría evitar discutir con su padre. Puso el altavoz para tener las manos libres y poder seguir cocinando.

—Gaspard, ¿dónde estás? Sé que estás enfadado conmigo, pero están llegando los primeros clientes, te necesito.

—Esta noche no puedo ir, papá.

—¿Todavía me guardas rencor?

—Oye, lo siento mucho, pero una amiga mía no se encuentra bien y tengo que ocuparme de ella.

—Ah… Tú verás…

En la bañera, el recital de la cantante de los mares estaba en pleno apogeo. Mientras canturreaba, la criatura comprobaba que los patitos alineados en el borde de la bañera estaban efectivamente muertos. Primero los tocó con las yemas de los dedos, y luego les arrancó la cabeza e intentó tragarse uno. Masticó y volvió a masticar, y al final escupió el patito en un ataque de tos. Su aleta golpeó el borde de la bañera y tiró todo a su paso: champús, geles, sales de baño y toda la familia de patos de plástico.

La criatura se hundía en la angustia. El agua estaba demasiado caliente. ¿Su carcelero la había confundido con un calamar? ¿Quería escaldarla viva? Un día, un pescador le había dicho que los filetes de sirena cocinados sabían a nuez, como el cerebro de los delfines árticos. Y ese ruido… Ya había oído ese ruido de estar cocinando en la cubierta de un barco. ¿Se disponía a freírla?

Su canto mortal se intensificó. La criatura quería matar y sabía exactamente qué frecuencia adoptar, y sobre todo qué intención darle para conseguirlo. Se esforzaba para que el sonido penetrara en el conducto auditivo de su depredador, le chamuscara el cerebro y le explotara el corazón.

Gaspard seguía cocinando sin imaginar lo que se maquinaba en el cuarto de baño. Preparó una bandeja muy mona, con un plato de pasta, un trozo de tortilla demasiado hecha y un gran vaso de Coca-Cola. Silbaba la melodía sin darse cuenta.

En la bañera, la criatura tenía espasmos. Como no podía sumergir la aleta, las escamas se le secaban. La herida le dolía cada vez más. El cansancio indicaba a sus párpados que se cerraran, pero los nervios le impedían quedarse dormida. Con lo que le gustaba ir a la deriva, a merced de las corrientes, dormirse por encima de una barrera de coral y despertarse junto a un lago o en alta mar, según las mareas…

La sirena agotaba sus últimos recursos para intentar salir de su jaula de loza. Pero se le resbalaban las manos, y la herida la llamaba constantemente al orden. Cuanto más sentía que las fuerzas la abandonaban, más intensificaba su canto. Su voz atravesaba las paredes. Un canto de cisne para el que la oía.

Johnny Cash corrió a meterse debajo de la cama. Sus maullidos sonaban como gritos de bebé, casi sílabas.

—¿Qué es esa voz? —preguntó Camille.

—Oh, nada, ¡es el gato!

—¡Eso no es un gato! No me digas que te has ligado a una cantante de ópera…

Gaspard movía la sartén para que el pescado rebozado no se pegara.

—No, no… Eso seguro que no.

—Oye, la línea chisporrotea, no entiendo lo que dices.

—Sí, chisporrotea un poco –dijo Gaspard dando la vuelta al pescado rebozado.

—Bueno… ¡Vuelve con o sin cantante! ¡Hoy hemos pescado a lo grande! Todo el mundo quiere ver la crecida… Si aún quieres salvar el Flowerburger, ahora es el momento –dijo Camille, y colgó.

Gaspard intentó concentrarse en freír el pescado rebozado. Pero las dudas y las preguntas subían a la superficie de su mente. Se sentía como un pescador de truchas en un pequeño bote que hubiera atrapado un atún por error. La sirena era exactamente lo contrario de un atún, aunque igual de voluminosa. No sabía qué hacer, ni cómo. Aquella misma mañana estaba tranquilo con su gato y sus libros. Por la noche, un tornado se había instalado en su bañera.

Las nueve de la noche. Debería estar saliendo al escenario. Superarse, conseguir que el público quisiera volver para que la aventura del Flowerburger continuara. La barcaza estaba llena, y él se dedicaba a freír pescado rebozado para una chiflada que canturreaba en el cuarto de baño.

12

La sirena, agotada, había dejado de cantar.

Levantó a duras penas la aleta, que ondeaba por encima de la bañera como el estandarte de un país mágico. Al menor movimiento, contraía el rostro de dolor. La sangre azul resbalaba por sus escamas.

Gaspard estaba desconcertado por la intrusión de la criatura en su pequeño hogar, pero se sorprendía preparándole la bandeja de comida con cierta atención. Volver a descubrir el placer de cuidar a alguien. La ternura de ser útil. De repente estaba con un animal y medio y media mujer a los que alimentar. «Solo esta noche», se decía para tranquilizarse.

¿Las sirenas beben Coca-Cola?, se preguntaba llevándole la bandeja. ¿Beben? ¿Y el agua de la bañera?

¿Hay que cambiarla todos los días como la arena del gato? Debía de tener por ahí un aireador de acuario de la época en la que tenía tortugas, y quizá incluso una o dos palmeras de plástico.

Era la primera vez que la mitad de una chica entraba en su apartamento desde el día en que Carolina salió. Gaspard estaba empezando a llevar bien su deshabituación. Le resultaba estimulante reinar como señor solitario en su propio reino. Podía comer en plena noche y soñar en pleno día, y no tenía que dar cuentas a nadie.

Le gustaba esta nueva libertad. Incluso las visitas acababan molestándolo. Aparte de los conciertos en el Flowerburger, se quedaba solo, y cada vez se sentía mejor.

Gaspard buscó en internet: «Cómo curar un pez herido». Aprendió cómo limpiar la herida con bastoncillos, secarla bien y aplicar una pomada antiinflamatoria. Y cómo vendar la herida.

En el cuarto de baño, se repetía la crecida del Sena. A fuerza de intentar escaparse, la sirena había vaciado la mitad de la bañera. En las baldosas empapadas del suelo yacían varios patos decapitados. El viejo frasco de champú de frambuesa, vestigio de la época anterior a su accidente amoroso, había volado hasta la puerta. Gaspard estuvo a punto de tropezar con él al entrar con la bandeja.

«Joder, ¿qué coño ha hecho?», se dijo al descubrir la carnicería.

Colocó los dos pies en la alfombra de baño, convertida en fregona, e intentó recoger el agua girando enérgicamente. Luego volvió a dejar con cuidado los patos y los frascos diversos en el borde de la bañera, exactamente donde estaban antes. La vida solitaria lo había convertido en vigilante de museo. Seguía siendo desordenado, pero su fetichismo lo había vuelto maniático.

La sirena lo observaba colocar los juguetes del baño a la misma distancia unos de otros como si el extraterrestre fuera él. Se preguntaba cuál de los dos moriría primero.

Gaspard dejó con cuidado la bandeja entre los dos bordes de la bañera. Era como llevar el desayuno a la cama, en versión acuática.

La sirena recuperaba la respiración poco a poco, con los ojos cerrados y la cabeza hacia atrás. Las branquias ondulaban su cuello, apenas unos espasmos. Era tan hermosa que daba miedo. A Gaspard le costaba un mundo no mirarla. Parecía un fantasma, pero mejor.

Pero ella estaba allí, frente a él, dejando el cuarto de baño hecho un desastre. Ahora un chorrito de sangre azul fluía por su aleta tornasolada.

—¿Le duele? *Does it hurt?* —le preguntó inclinándose sobre la herida.

Imposible saber si lo entendía. La criatura miró fijamente a los ojos a Gaspard, como desafiándolo.

Él abrió el botiquín y sacó gasas estériles, esparadrapo, bastoncillos y unas tijeras. La sirena recordó a los piratas que destripaban a sus compañeros en la cubierta del barco. Utilizaban herramientas similares para arrancar las escamas con zafiros azules engastados, que guardaban en cofres.

—Lo arreglaré. Cuando era pequeño, *when I was a child*, quería ser veterinario. Bueno, al final solo he curado hámsteres, pero se me dan bien los animales, *I'm good with animals!*

Recurría al sentido del humor tranquilizador que utilizan algunos médicos antes de hacer daño.

—Bueno… No lo digo por usted…

Ella quería matarlo.

Gaspard se inclinó despacio sobre el cuerpo de la sirena. Sus gestos eran precisos y delicados. Muy concentrado, limpió la herida con su bastoncillo de experto y la desinfectó con una solución antiséptica. No era el producto exacto que recomendaban en internet para curar peces, pero su paciente tampoco era del todo un pez.

La sirena miró fijamente a Gaspard y reanudó su canto, aún más disonante. Una queja de loba.

Él se giró para coger la gasa y las tijeras de punta plana.

—¡Cuidado, no se mueva!

Gaspard le rozó las escamas y le aplicó el vendaje con la rapidez de un enfermero diplomado. Le daba la impresión de estar reparando una joya antigua.

La cola de la sirena se retrajo nerviosamente y ella interrumpió su canto sin dejar de mirar a Gaspard. Le dolía.

Él colocó varias tiras adhesivas Steri-Strip, que se supone que mejoran la coagulación de la sangre, y lo cubrió todo con una venda, que pegó con esparadrapo como si fuera un papel de regalo.

—Ya está… Se acabó por hoy. Si no se mueve mucho, debería aguantar hasta mañana. El antiinflamatorio la aliviará.

Cogió la ducha para humedecer la parte no sumergida de la aleta procurando no mojar el vendaje.

La sirena lo observaba, circunspecta. ¡Qué curioso ese pirata y su géiser portátil! Las gotitas rebotaban en sus escamas. Era casi relajante. Los latidos de su corazón se ralentizaban poco a poco, y los rasgos de su rostro se destensaban.

Gaspard seguía duchando a la criatura delicadamente, comprobando de vez en cuando la temperatura del agua. También él se tranquilizaba un poco. Como si de repente se hubiera instaurado cierta rutina entre la criatura y él. Seguía allí, de pie, regando a la sirena. Los ojos de la criatura, a juego con su cola, le lanzaban largas miradas de asombro.

Poco a poco, Gaspard se daba cuenta de lo que estaba pasando en su cuarto de baño. Una sirena. Más hermosa que la luna en persona. Que lo llenaba todo de agua. Y que no dejaba de mirarlo.

Se sentó en el borde de la bañera con cuidado para no aplastar la aleta brillante. No sabía cómo interrumpir la sesión de riego.

La mirada de la sirena cambiaba lentamente. La desconfianza daba paso a una especie de confusión. Estaba claro que no entendía el comportamiento de aquel pescador que vendaba las heridas de sus presas después de haberlas capturado. ¿Qué quería? Parecía no tener nada contra ella, pero la había hecho prisionera. ¿Pensaba en entregarla a los escultores que utilizaban las escamas para hacer lámparas? ¿Era uno de esos marineros que atrapaban monstruos para encerrarlos en jaulas y exhibirlos a cambio de dinero? ¿O de esos pescadores a los que les daba un ataque de empatía y soltaban su presa? Y aquel animal que seguía con la mirada el menor movimiento de su aleta, con su aspecto de peluche un poco esnob. ¿Adónde había ido a parar? En cualquier caso, tenía que encontrar el modo de escapar.

Por su parte, Gaspard se preguntaba cómo ordenar sus prioridades. El barco de su corazón estaba a punto de naufragar, pero se dedicaba a cuidar a una sirena herida, instalada en su bañera.

—Lu-la.

—¿Qué? —le preguntó Gaspard, perdido en sus pensamientos.

—Lula… mi nombre.

Fue casi tan sorprendente como si su gato le hubiera dicho: «¡Oye, no me gustan las croquetas, están demasiado secas! Mejor échame comida en lata».

—¿Usted… usted habla? —dijo Gaspard, en shock.

—No tanto como usted, pero sí, un poco.

Un fuerte ataque de tos sacudió el cuerpo de la sirena. Sonaba como una cascada de perlas.

—Tiene que recuperar fuerzas. Le he preparado pescado. Mire… *Very good!*

Gaspard le acercó la bandeja. En el menú: pescado rebozado sobre lecho de pasta, tortilla demasiado hecha y grand cru de Coca-Cola desbravada.

—*Parisian fish!* ¡Excelente! —dijo Gaspard, entusiasta.

La idea que Lula tenía de un pez y lo que veía en el plato eran totalmente incompatibles. Por más que buscaba en sus recuerdos, jamás había visto nadar a un pez cuadrado con ojos en las esquinas.

—¡Marca Picard! —exclamó Gaspard, orgulloso de su hazaña.

Cortó el susodicho pescado y le explicó cómo coger el tenedor y el cuchillo. Comió un trozo delante de ella para mostrárselo.

—*Hum! Very good! Delicious!*

Lula lo intentó, con casi tanto éxito como un europeo comiendo con palillos por primera vez. Cuando el trozo de pescado llegó por fin a su boca, sonrió para ocultar su mueca de disgusto. Ganaba tiempo masticando lentamente, como una niña con un trozo de carne demasiado hecha.

—¿Limón? ¡Está mejor con limón! —se entusiasmó Gaspard.

—Tiene que llevarme al agua, ahora.

Él observó la herida. La sangre azul había empapado todo el vendaje.

—Sería más prudente esperar a que su herida cicatrice un poco, ¿no?

Un ataque de tos sacudió todo su cuerpo con un pequeño terremoto.

—Si no vuelvo al agua de aquí a dos amaneceres, moriré.

—Dos amaneceres… ¡Bien! Al menos tiene tiempo de recuperarse un poco.

Lula se quedó muy seria. No se veía pasando la noche en aquel minilago, rodeada de cadáveres de patitos.

—Sería mejor llevarme ahora, por si muere usted esta noche.

—¿Tan viejo parezco?

Gaspard sonrió, como un viejo pariente orgulloso de su broma. Lula estaba agotada, no estaba segura de poder nadar con su herida.

Inclinó suavemente la cabeza hacia un lado, hacia el otro y se encogió de hombros. De repente parecía una niña.

—Mañana por la mañana la dejaré cuando vaya a trabajar… Intente no moverse mucho y evite mojar el vendaje.

Señaló la gasa con el dedo índice para asegurarse de que Lula lo había entendido.

—¿Qué hago? ¿Apago la luz o la dejo encendida?

—¿La luz?

Gaspard pulsó el interruptor.

—Encendida… Apagada…

—Apagada.

—Y si necesita algo, no dude en llamarme, ¿de acuerdo?

La criatura dejó escapar un sí melancólico.

Gaspard suponía que debía de echar de menos su elemento.

Lula pensaba que quizá no debería haber querido matar a Gaspard.

13

El electrocardiograma de Victor mostraba inquietantes signos de debilidad.

—Estamos perdiéndolo —murmuró el cardiólogo sin atreverse a mirar a Milena.

Victor, al límite de sus fuerzas, seguía tarareando notas de la melodía. El ruido de las máquinas marcaba el ritmo de su extraña letanía. Milena sujetaba su mano, pero la mano de Victor ya no sujetaba absolutamente nada. Respiraba de manera discontinua, en pequeñas inspiraciones. Y en todo momento aquella melodía, que le absorbía la poca energía que le quedaba.

—Está cantando, ¿no? —murmuró al oído un enfermero torpe al cardiólogo.

—Esa voz… Nunca he oído una voz así… Nunca.

Milena palidecía. Ella, la implacable bulldozer, estaba desmoronándose.

Victor se alejaba, se perdía poco a poco. Él, que de niño había superado una enfermedad grave y que cada día animaba a sus pacientes a luchar, se deslizaba hacia la muerte sin ofrecer resistencia.

El pitido del electrocardiograma se convirtió en un sonido continuo. Milena le hizo un masaje cardiaco desesperadamente violento. Los ojos de Victor ya no miraban nada ni a nadie.

—Se acabó, Milena —dijo el cardiólogo.

Ella, en shock, siguió con el masaje, como poseída. Un minuto. Y cada vez más fuerte. Dos minutos. No podía parar. Lágrimas en marea alta. El equipo médico estaba petrificado. Tres minutos. Y seguía. Como si pudiera eliminar la muerte, como si pudiera traerlo de vuelta, ella sola. Como el cuerpo de Victor seguía ahí, su alma no debía de haberse ido muy lejos. Así que presionaba su pecho una y otra vez.

El corazón de Victor parecía un timbre roto. Ya nada se encendía, ya nada respondía. Sus párpados cubrieron sus ojos.

Poco a poco, el agotamiento ganó la partida.

Los brazos de Milena temblaban. Lo imposible de aceptar estaba invadiendo su mente.

14

Gaspard se despertó sobresaltado. No podía respirar, como si de repente estuviera bajo el agua. Lejos de la superficie, donde la luz no es más que un recuerdo. El corazón le latía en las sienes, y gotas de sudor frío le resbalaban por la frente. ¡Y aquel yunque de fuego aplastándole el pecho!

Sus ojos se abrieron de golpe y se estremeció. Un fuerte dolor le retorcía el brazo izquierdo. Le subía hasta el corazón.

Se concentró para no entrar en pánico. Utilizar la poca energía que tenía para respirar. Respiración tras respiración, volver a poner el mecanismo en marcha.

Poco a poco, su respiración se relajó y el dolor se amortiguó. Se levantó, como para comprobar que estaba vivo. Lo estaba. Gaspard se sentó en la cama y respiró lentamente. Nunca había tenido estos síntomas. Sus pensamientos explotaban unos contra otros. No volvería a quedarse dormido sin un somnífero.

Se dirigió al cuarto de baño a buscar el medicamento. Empujó suavemente la puerta.

Lula brillaba en la oscuridad. Estaba ahí, escuchando los ruidos de la ciudad con su pinta de lámpara de cristal que se ha caído del techo. Su aleta oscilaba nerviosamente por encima del grifo.

Gaspard entró de puntillas en lo que se había convertido en la gruta de una sirena. Un halo fosforescente rodeaba el cuerpo de Lula. Los montoncitos de espuma flotaban en sus caderas como la nieve en un lago helado.

Gaspard buscó el asomnífero en el botiquín y notó que ella lo observaba. Fingía no darse cuenta, pero aquello aumentaba los síntomas de su «Pierrerricharditis». Se le cayó una botella de jarabe para la tos, que explotó contra el grifo. Al recoger los vidrios rotos del lavabo, se cortó un dedo.

Ella había visto a marineros borrachos cayéndose de la cubierta de su barco al escuchar su canto. A piratas gritando que iban a escaldarla viva y otras delicias. A pescadores perdidos en la niebla susurrando su melodía antes de perderse en la oscuridad. Había visto a reyes del arpón con disfraces de foca de neopreno y a hombres y mujeres-rana equipados con cinturones de plomo para volar en el cielo del revés, pero a un tipo como aquel, con su pinta de fauno perdido, jamás.

Gaspard acabó encontrando un frasco de asom-
níferos. Se tragó un comprimido bebiendo del grifo.
Luego salió del cuarto de baño como se sale de la
habitación de un niño que acaba de quedarse dormido. Justo antes de cerrar la puerta, sus ojos se cruzaron furtivamente con los de Lula.

–Lo siento –dijo en voz baja.

Lula no contestó. Se preguntaba cuándo se iba a
morir y si le daría tiempo a llevarla de vuelta al agua.
Si él no superaba aquella noche, ella no podría escapar. Más de ocho mil años resistiendo a tiburones
blancos, cocodrilos marinos y sobre todo a los hombres
para acabar su vida en un charco de patos de plástico.

Ella observaba el cepillo de dientes, la maquinilla de
afeitar y los bastoncillos. Todo estaba terriblemente
inmóvil, mientras que en su casa todo bailaba, todo
el tiempo. El ballet de mantarrayas, las lluvias de
peces fosforescentes y las morenas, que salían de los
corales con su cara de manopla de cocina.

Su oído no estaba acostumbrado a los sonidos
que viajan por el aire. Le gustaba el silencio, y lo
echaba de menos. Los gritos de orgasmo de los ve-
cinos de arriba le provocaban palpitaciones de an-
siedad. ¿Estaban matándose? Incluso las orcas eran
más discretas cuando devoraban ballenas.

Por más que ordenara a su cerebro que cerrara sus
párpados, sus ojos siempre acababan volviéndose a

abrir. Se deslizó hacia abajo para meter la cabeza debajo del agua. Allí podía recordar los arrecifes de coral abiertos al infinito, las tortugas volando a cámara lenta y el contoneo de las algas.

De repente el reloj de cuco empezó a sonar, lo que hizo que el cuerpo de Lula saltara como una crepe en la sartén. Un auténtico delfín de cuarto de baño. Salpicó incluso su imagen en el espejo.

La sirena, presa del pánico, intentó salir de la bañera. Sus gestos se volvieron bruscos. Golpeaba las baldosas con la aleta. Era el canario enjaulado que una mano intenta atrapar.

El cuco seguía dando las doce de la noche.

Lula abrió sin querer el grifo del agua caliente y se escaldó la cola antes de hacer el movimiento inverso para cerrar por fin el agua.

El pájaro mecánico se calló.

Lula recuperó progresivamente la calma, pero la herida empezó a sangrar de nuevo debajo del vendaje. Le picaba. Probaba todas las posturas, pero ninguna la aliviaba.

Tras largas horas de insomnio, sus párpados se cerraron por fin. Su pelo ondeaba como algas de oro al fondo de la bañera. La sangre azul había perfundido el agua hasta la espuma.

15

En el pasillo que llevaba a la morgue, Milena seguía
la camilla que transportaba el cuerpo de Victor. Su
estupefacción era total. Sus pasos resonaban en el
lúgubre subterráneo. Su sombra hacía ruido. Todo
le rasgaba la mente. Sus piernas ejecutaban el mecanismo de andar, sus brazos desempeñaban el papel
de balancearse, su sistema respiratorio funcionaba,
pero el circuito de sus emociones estaba cortado.
Los cables y el empalme, arrancados. En el dolor
excesivo se había instalado la gran nada. Como el
vacío es insoportable, llenémoslo con la nada. Den-
sa. Inodora. Incolora.

Cada segundo aguantándose en pie convertía a
Milena en otra Milena. Caminaba sujetando la mano
de Victor, que se había enfriado. Lo observaba cabe-
cear. No estaba durmiendo. Estaba muerto. Muerto.
Muerto. Muerto. Ya no parecía él.

—¿Y no vio nada, ningún síntoma concreto? —le preguntó el médico que acompañaba el cuerpo.

—Deliraba… Al principio creía que era un juego. Le encantaba inventarse cosas, tomarme el pelo.

—Hemos tenido varios casos similares desde ayer. Alucinaciones, pérdida de coordinación… seguidas de los típicos síntomas de infarto.

—Hablaba consigo mismo… Parecía que estaba bajo los efectos de una droga.

—No hemos encontrado ningún rastro de drogas en sus análisis, pero su nivel de nitrógeno era demasiado alto.

—¿Su nivel de nitrógeno? Pero ¿qué podría haber aumentado su nivel de nitrógeno?

—De momento no podemos explicarlo. Es como si hubiera sufrido una narcosis de nitrógeno.

—¿La embriaguez de las profundidades?

—Sí…

—¿Cómo es posible?

—No nos lo explicamos.

—Pues habrá que explicarlo. ¡Habrá que explicarlo! —exclamó Milena hablando consigo misma.

—Debería volver a casa… Descansar… En cuanto sepa algo más se lo haré saber, ¿de acuerdo? —dijo el médico presionándole el hombro para reconfortarla.

Las palabras entraban en su conducto auditivo y se evaporaban al contacto con su cerebro. No dejaban ningún rastro.

La morgue era un congelador gigante en el que se almacenaban los cadáveres como alimentos. Mujeres-frutas, hombres-verduras, cerdos o corderos, todo el mundo tenía derecho a su casilla. Victor tenía la suya, con su etiqueta de maleta a facturar hacia un destino desconocido. Milena pidió que la dejaran sola. El personal obedeció. El ruido de pasos en el linóleo quedó sustituido por el zumbido de los fluorescentes.

Se estremecía y le temblaba todo el cuerpo. Aquí él no se había marchado del todo. Aquí ella podía llorar o no llorar. Victor estaba a su lado, aún libre de las ceremonias y los ataúdes. El tiempo se ralentizaba un poco.

Algo la retenía. Una idea. El asunto del nitrógeno era imposible. ¡Imposible! Recitaba el mantra, poco convencida. Imposible. Nadie se ahoga en el cielo. Imposible. ¡Imposible! Y los recuerdos de justo antes del desastre caían en cascada: el hijo que quizá tenía en su vientre, el cheesecake del mediodía y el último recuerdo de Victor vivo con su cigarrillo. Le sorprendió que le apeteciera encenderse uno.

Milena sacó el paquete que había previsto no terminar y el mechero, que estaba dentro. Todo se mezclaba. El abismo de tristeza, la incomprensión y la perspectiva de la ausencia. Giró la rueda del mechero entre el pulgar y el índice hasta que surgió una llama.

Las volutas de humo se deslizaban bajo los fluorescentes. Milena, que no creía en nada, de repente sentía la imperiosa necesidad de aferrarse a algo. Que le contaran un cuento antes de enfrentarse a la interminable oscuridad que la esperaba. Que le explicaran, que la aliviaran. El cigarrillo se acabó.

Abrió la bolsa que contenía el cuerpo de Victor. Pasó un largo rato mirándolo, almacenando su imagen en su mente. Surgió a la superficie el recuerdo de su padre muerto. Se volatilizaba como un gas. Odiaba su fantasma tanto como lo amaba. Ahora el fantasma restallaba sus sombras a los cuatro vientos, justo al lado del cuerpo de Victor.

Milena decidió por fin volver a su casa. A la casa de los dos. Dos platos, dos tenedores, dos cuchillos y dos vasos sucios esperaban en el fregadero. Los recuerdos impregnaban el aire, que adquiría un aroma a nitrógeno. Mientras buscaba los pañuelos en el bolso, su mano fue a parar a la prueba de embarazo. El riego automático de lágrimas se puso en marcha.

Milena volvió al coche y condujo. Lejos y mucho rato. Hacía buen tiempo, y por primera vez desde hacía varios días no llovía. Lloraba tanto que puso los limpiaparabrisas.

o

Gaspard se despertó al amanecer. Por unos segundos pensó que todo había sido un sueño. Pero cuando vio la bandeja de madera al lado de su cama, con un plato de pescado rebozado apenas empezado, un poco de pasta esparcida y un vaso de Coca-Cola sin burbujas, la realidad volvió a irrumpir.

Un dolor punzante se hundió en su pecho y luego desapareció. Gaspard era un hipocondriaco a la inversa, le daban tanto miedo los médicos que prefería ignorar los síntomas, incluso los más inquietantes, antes que pasar por la consulta. Pero los dolores que había sentido durante la noche le rondaban por la mente.

Se puso despacio un pantalón y una camisa. Un mal presentimiento se apoderó de él. Conocía muy bien aquella sensación, él, el gran olvidador de cosas. El *Libro secreto de los sorpresistas* estaba ayer en el bolsillo trasero de su pantalón. Hoy ya no estaba.

o

Milena había acabado la noche en el coche, en el parking del hospital. En el vacío del insomnio, imaginaba lo que estaba pasando en ese momento en su otra vida. Al otro lado del tiempo, pensaba con todas las fuerzas que le quedaban en la realidad destruida. Victor estaba con ella en la cama. Ninguno de los dos conseguía quedarse dormido, porque estaban entusiasmados con la noticia más increíble: Milena estaba embarazada. Victor bailaba claqué descalzo, en la moqueta, e interpretaba todo el repertorio de Yves Montand. El sueño la vencía, pero aguantaba para presenciar el espectáculo. Victor bebía champán, y ella *ginger-ale* en una copa. Había cheesecake de postre.

Milena cruzó la recepción del hospital. Su bata flotaba como una capa sobre sus hombros. Su pelo alborotado podía hacer pensar que había pasado una noche tórrida. La secretaria de la recepción salió a su encuentro.

—¿Y bien? Victor… ¿está mejor?

Milena eludió la pregunta.

—Tiene que dejar de pincharse la morfina de los pacientes, porque, sinceramente, todo el mundo vio que estaba colocado.

Se giró como un gato al que molestan cuando está lamiendo su leche.

—¡Se pasó! ¡Se pasó! —añadió la secretaria.

—¿No vio nada especial ayer? —le preguntó Milena esforzándose por controlar sus nervios.

—Oh, cosas especiales veo todos los días —comentó la secretaria señalando la sala de espera.

—Cuando vio a Victor… ¿había alguien con él? ¿Una chica?

—No, pero justo antes llegó un tío muy nervioso en calcetines y con un sombrero de cowboy. Había una chica en su coche.

—¿Qué tipo de chica?

—De las que no tienen tarjeta médica.

—¿Qué le pasaba? ¿La vio?

—¡No tenía tarjeta! Como digo siempre, sin tarjeta no puedo hacer nada. Eso es todo.

—¿Eso es todo?

—Pues sí, eso es todo, el chico llega en calcetines, no tiene el carnet de identidad. ¡Estaba en la luna!

—¿Cree que estaba drogado?

—Es posible… Se marchó de repente, ¡fiuuuuuuu! Se dejó la mitad de las cosas.

La secretaria le tendió un juguete Kinder, un ticket arrugado, una púa de guitarra y el *Libro secreto de los sorpresistas*. Milena abrió la primera página y el Flowerburger surgió en pop-up.

16

Gaspard abrió la puerta de lo que se había convertido en la guarida de un monstruo un poco discotequero. Ella fingía dormir con la cabeza debajo del agua, y su pelo hacía el papel de algas de oro en un baño de sangre azul. Pequeñas burbujas eclosionaban en la superficie.

Gaspard cogió el champú y el gel sin rozar la aleta de diamantes con la impresión de estar robando productos que eran suyos. Se refugió en la ducha en silencio. El contacto del agua en la piel y del frío gel en la palma de la mano lo tranquilizó. Todo lo que se parecía a la normalidad lo tranquilizaba. Empezó a tararear viejas canciones de crooner, como hacía las demás mañanas. Pero preguntas febriles asediaban su mente. ¿Había contraído una enfermedad cardiaca? ¿Debía ir al médico urgentemente? Se daba cuenta de que sus dolores no eran normales, pero no tenía tiempo de ocuparse de ellos. De alguna manera, ya le iba bien.

Hoy la misión número uno sería la siguiente: dejar a una sirena herida en el Sena sin pasar por un asesino en serie. Luego tendría que encontrar el ejemplar único del libro que le había dejado su abuela, y por último volver al Flowerburger sin agravar el conflicto que tenía con su padre.

Entretanto, Lula abrió los párpados. Se quedó unos segundos bajo el agua, con los ojos abiertos. Parecía un hermoso cadáver. Guapísima, de verdad. Escuchaba cantar a Gaspard. Era la primera vez que oía cantar a un hombre. Sabía mucho del silencio, de las sirenas de niebla y del canto de las ballenas, pero el canto de los hombres era nuevo. No estaba segura de si le parecía bonito, pero el mero hecho de que su secuestrador pudiera cantar la intrigaba. ¿Su voz era mortífera, como la suya?

Gaspard se decidió a salir de la ducha y se puso el albornoz a cámara rápida ante la mirada de Lula. Ella lo observaba con todo detalle. ¿Quién era? ¿Qué era? Muy pocos hombres habían resistido más de una noche tras haberla oído cantar. Y todos estaban muertos.

—¿Cómo está? ¿Se siente mejor esta mañana?

Gaspard le hablaba como un enfermero a un paciente hospitalizado. No se reconocía a sí mismo. ¿Qué era ese tono?

Lula llenaba de agua el cuerpo de un pato de plástico decapitado, lo vaciaba y volvía a empezar, sin dejar de mirar a Gaspard. Lo miraba a los ojos, como si en ellos pudiera leer la clave del misterio.

—¿Y usted?

—¿Yo qué?

Lula lo miraba fijamente, cada vez con más intensidad.

—¿Le duele… el corazón?

—¿A mí? ¡No, en absoluto!

Lula hizo una mueca de perplejidad, sin desviar los ojos de Gaspard, que empezaba a sentir la necesidad de escapar.

—¿Suele cantar así? —le preguntó Lula.

—Ah, sí, un poco, ¿por qué?

—¿Es usted marinero?

—No, soy crooner de cuarto de baño —le contestó Gaspard.

Rossy escuchaba atentamente la conversación en una bañera con aún más espuma que la de Lula. Solo sobresalía de la nube de espuma su cabeza llena de rulos grandes como ruedas de hámster. Se pintaba las uñas de rojo, exactamente del mismo tono que su pintalabios.

Johnny Cash se deslizó por la bañera con sus aires de pantera esnob. Dio un salto tan ágil como elegante hasta el lavabo, su lugar de veraneo favorito durante los fuertes calores del verano. El gato se movía con gracia.

Lula nunca había visto una mangosta como aquella. ¿Sería venenosa? Se sobresaltó, golpeó la puerta con la aleta y salpicó un poco al gato. El animal se erizó, torció las orejas y resopló muy enfadado.

—¡No tenga miedo de Johnny Cash! —le dijo Gaspard acariciando al monstruo.

Ella no apartaba los ojos del animal. Con su gato, que había vuelto a tranquilizarse en sus brazos, Gaspard destilaba una especie de ternura extraña. Lula la sentía como un eco que golpeaba su mente desde de la lejanía. Esta sensación la inquietaba. El día anterior había intentado matarlo.

—Yo también canto —dijo.

—Sí, la he oído. ¡Muy bonito! ¡Tiene voz de cantante folk de los años cuarenta! Habría podido cantar con The Carter Family. Se la pondré, es maravillosa.

Lula miraba fijamente a Gaspard. Le inquietaba aquel ímpetu entusiasta que hacía más compleja la idea que se hacía de él.

—Canté para usted para…

—¿Para mí? Oh, gracias. ¡Siempre he sentido debilidad por las voces femeninas!

—… para matarle.

—¿Matarme? ¿Antes de que haya preparado el desayuno?

Fiasco total. Ninguna reacción de Lula, ni un asomo de sonrisa.

—En general, los hombres que oyen mi voz se enamoran de mí tan perdidamente que les explota el corazón…

Pronunciaba cada sílaba con la frialdad angelical de Brigitte Bardot en *El desprecio*. Gaspard prefirió reírse. Acababa de encenderse su sistema automático de protección por negación.

—No debería reírse, va a morir, como los demás.

—¿Absolutamente todos?

—¡Absolutamente todos!

Johnny Cash, en los brazos de Gaspard, lanzó un maullido de pájaro ronco.

—No se preocupe por mí. ¡Ya he pasado por el amor mortal! El corazón… me explotó hace mucho tiempo.

—¿Ya ha explotado?

—Sí, incluso varias veces. Y sigo aquí… Pero desde entonces para mí se acabó el amor, y ya no me duele.

—¿Gaspard?

—¿Sí?

—Ese corazón volverá a explotar… Y esta vez para siempre.

Lula tendió el pato decapitado a Gaspard.

Él la miraba. Una chica tan hermosa que le advertía amablemente que iba a romperle el corazón. Le parecía divertida. No hay nada más sexy que el cerebro de una chica con sentido del humor. Los pechos, el culo y la boca son aperitivos deliciosos, pero el compañero de largas aventuras es el sentido del humor. Gaspard apartó esta idea de su mente con su sistema de protección. Un sistema muy eficaz que le había permitido no volver a enamorarse desde el huracán Carolina.

Dos islotes de porcelana flotaban en la bañera de sangre azul. Gaspard tenía que esforzarse por no mirarlos.

—¡Voy a cambiarle el agua! —dijo inclinándose hacia el grifo.

—Es inútil, iba a salir.

—¿Va a salir?

—Lléveme al río, ahora —le dijo Lula en tono frío.

—No en este estado…

Gaspard señaló el vendaje, que no había dejado de teñirse de azul.

—Sea sincera, ¿cree que puede nadar?

Lula seguía mirándolo fijamente, pero se quedó en silencio.

Gaspard cogió una caja de gasas del botiquín. Se concentró en curarla y retiró el apósito con delicadeza. Se desprendieron varias escamas.

La sirena no rechistaba. Gaspard tiró el tesoro a la papelera y terminó de curarla.

—No temo nada. Estoy inmunizado. ¡Blindado!
—Se dio varios puñetazos en el corazón–. La cuidaré
y cuando se ponga en pie…

Gaspard echó un vistazo a la aleta, que sobresalía
de la bañera como un ramillete de piedras preciosas.

—Bueno, ponerse en pie… ya me entiende. Cuando pueda nadar, la llevaré de vuelta al agua, ¿de
acuerdo?

Lula alzó sus excesivamente hermosos hombros.
Cuando se enfadaba tenía la capacidad de ser aún
más bella, como Lana Del Rey.

—¡Espere! ¡No se mueva! ¡Gaspard vuelve!

Fue a su habitación y abrió un armario lleno de
cintas de VHS. Una colección de películas de su in-
fancia. *E.T.*, *Los Goonies*, *Gremlins 1* y *2*, *Regreso al
futuro*, *La guerra de las galaxias*… Se preguntó qué
película podría distraer a Lula mientras él volvía al
Flowerburger. Cuando sus ojos se posaron en *La sirenita*, cogió el estuche polvoriento con una alegría
casi infantil.

Enchufó su viejo televisor de esquinas redondeadas y lo colocó en el cuarto de baño, justo al lado del
lavabo.

Lula observaba todos sus gestos, inquieta por el
entusiasmo de Gaspard. Parecía un joven papá pre-
parando su primer árbol de Navidad.

—Ya verá… —dijo él poniendo la película–. Es
como el océano, pero en pequeño.

Lula asintió sin entender demasiado. El dolor le

ascendía por la columna vertebral. Intentó encontrar una postura algo más cómoda, sin éxito.

Gaspard abrió el grifo de la bañera para renovar el agua y echó gel de espuma. Se giró para evitar estar frente al cuerpo desnudo de la sirena. Ella temblaba ligeramente.

Gaspard miró su reloj de bolsillo, que estaba en el mismo bolsillo que el móvil. ¡Buah! ¡En aquel cuarto de baño el tiempo pasaba a cámara rápida! Tenía que ir al Flowerburger sin falta.

—Bueno, me voy… Intente relajarse sin mojar demasiado el vendaje, si es posible. Si le apetece cantar… piano piano. No me gustaría encontrar a un vecino muerto de amor en el felpudo cuando vuelva.

—¡Piano piano! —dijo Lula sonriendo.

—¡Piano piano!

Gaspard salió de su casa con una especie de sonrisa. Su vecina Rossy, fiel a su puesto, no se privó de comentárselo.

—¡Felicidades!

—¿Perdón?

—¿Cree que no lo vi ayer con el pibonazo? Por cierto, podría haber esperado a llegar a su casa para desnudarla.

—Ah… ¡Lula! Solo es una amiga.

—Al menos no será cantante… Tiene que dejar de salir con cantantes, Gaspard.

—Rossy…

—¿Stripper?

—Ah, sí. Puede ser.

—Ooooh… ¡El pequeño Gaspard nos ha traído a una stripper! Su abuela estaría muy orgullosa de usted. Yo misma, hace unos años…

—Sí. ¡Lo sé, Rossy! Hay fotos suyas en el Flowerburger y tengo…

Gaspard esquivó a Rossy como un ala de rugby y escapó por fin. Ella se quedó allí, con su pinta de columna con rulos. El rellano era su reino, donde reinaba a cualquier hora del día y de la noche. Mucho después de su muerte, su fantasma irá a buscar el correo que ya no recibirá.

17

Milena deambulaba delante del hospital. Sus piernas compás recorrían el parking, como midiéndolo. No podía evitar retroceder en el tiempo, hasta justo antes del desastre. Cuando hablaban del cheesecake. Le parecía que la vida de antes tenía ya un siglo de antigüedad. El dolor dilataba el tiempo y aceleraba las metamorfosis.

Un reflejo azul le llamó la atención. Un trozo de vidrio, se dijo en un primer momento. Luego otro. Más allá, otro. No era vidrio. Era más azul, más plateado y, sobre todo, extraordinariamente delgado. Parecía piel. Para ser más exactos, escamas.

Milena las recogió una a una y comprobó su transparencia al sol. Una de ellas estaba sumergida en un charco de mercurio azul. Volvió con paso decidido a su despacho y cogió un maletín con material médico. En el parking, metió las escamas en una bolsita de análisis y aspiró el misterioso líquido con una jeringa.

Gaspard aparcó al otro lado del parking. Cerca de las furgonetas del SAMU. El tuk-tuk parecía un kart a pedales. Milena golpeó los tacones contra el asfalto. Sujetaba con fuerza la bolsita de escamas y la jeringa azulada. Gaspard vio a lo lejos aquel gran caballo pelirrojo que cabalgaba, melena al viento. Casi la había alcanzado cuando ella cruzó la puerta de la recepción. Luego Milena desapareció en el laberinto de pasillos blancos del laboratorio de análisis.

Gaspard se detuvo delante del mostrador de las lágrimas y los llantos.

—Hola, estuve ayer aquí. ¿Ha encontrado un libro?

—¿Tiene la tarjeta médica?

—¡No! ¡Estoy buscando un libro, un libro viejo, como un cuaderno de marinero!

La secretaria estaba tan sonriente que Gaspard se preguntó si no se habría equivocado de puerta. Estaba en el lugar correcto, pero ella no había encontrado el libro.

En el laboratorio, Milena sacó la jeringa con el misterioso líquido y pidió a Pierre, el biólogo, que analizara el contenido.

○

Lula veía *La sirenita*. Movía suavemente la cabeza y la cola al ritmo de la canción «Bajo el mar». La voz de Henri Salvador resonaba en el cuarto de baño. «Ariel, escúchame, el mundo exterior es un lío. La vida bajo el mar es mejor que todo lo que tienen allá arriba.»

Lula escuchaba la letra con atención, como si un dios extraño estuviera enviándole un mensaje. Desde el día anterior la realidad se había vuelto del revés. El hombre que la había pescado le daba de comer en lugar de comérsela, los peces eran rectangulares y no sabían a nada, vivía en un lago ridículamente pequeño y su carcelero le había dejado una caja con el mar dentro, en la que una sirena hablaba debajo del agua.

Lula se acercó despacio a la pantalla e intentó introducir la mano. Una descarga eléctrica la hizo saltar. La golpeó con el puño, varias veces. Pero no pasaba nada. La canción terminaba alegremente.

Lula vibraba por Ariel, como Gaspard frente a un partido de fútbol. Se enfurecía e intentaba hablarle a través de la pantalla. «¡No! ¡No vayas, quédate en el fondo del mar! ¡No cometas el mismo error que yo! Somos eternas, aprovechémoslo para tomarnos nuestro tiempo en lugar de perderlo en la superficie. ¡Qué idea seguir a un tipo que ni siquiera sabe respirar debajo del agua! ¡Va a arrancarte las escamas! ¡Va a cortarte en filetes! Despierta, mi niña…»

La película continuó y el príncipe se comportó como un príncipe. «Pero si era tan encantador como parecía, lo mínimo que podría haber hecho es sacarse el título de submarinismo», se dijo Lula. Está bien haber salvado a la sirenita, pero ¿qué hacemos cuando tenga nostalgia? ¿Era eso el amor?

Llevaba años dándole vueltas a esta pregunta, y los hombres a los que había conocido habían muerto demasiado rápido para que pudiera experimentar este sentimiento. Además era la última sirena. Después de ella ya no habría otra.

Se le pasó por la cabeza la idea de la maternidad… A veces esta idea se aferraba a su pensamiento tanto tiempo que se dejaba arrastrar por sus propios remolinos.

○

Milena se encerró en el cuarto de baño del laboratorio y sacó la prueba de embarazo. ¿Los espermatozoides de un muerto detienen su carrera hacia la vida? ¿Algo les advierte que su capitán se ha ahogado, que ya no hay nadie a bordo?

Milena no apartaba los ojos del pequeño rectángulo indicador.

Un minuto.

Oía latir el corazón del tiempo que pasa, segundo a segundo. El redoble de tambor le subía por la garganta. Su corazón se volvía demasiado grande para su cuerpo.

Treinta segundos.

Terremoto bajo sus párpados, bengala de angustia perdida en la noche sin estrellas.

Diez segundos.

Todo dolía. Fuera cual fuese el resultado, todo dolería aún más.

Tres. Dos. Uno. Milena cerró los ojos. Un buen rato. Después, tras haber recuperado la respiración, los abrió.

Positiva.

Sentada en el váter, con su especie de bolígrafo entre las manos, Milena parecía una adolescente perdida. Embarazada de un fantasma.

Soñaba con ser madre desde el día en que había cogido en brazos a su hermano pequeño. Tras la muerte de su padre, el deseo desapareció. Hasta que conoció a Victor. «La vida es una bonificación», decía el que había estado a punto de perderla a los ocho años a causa de una leucemia. Lo había curado una doctora que le contaba historias de superación y de metamorfosis. Él también animaba a sus pacientes a ejercitar la imaginación para luchar cada día contra la enfermedad. «No tengo el poder de curar, porque en ese caso todos mis enfermos saldrían adelante. Pero puedo ayudarte, ponerte en las mejores condiciones posibles para curarte. Soy tu coach, pero en el ring tú eres el que pelea», le había oído decir a un paciente. Le impresionaba su capacidad de resiliencia. Victor hacía su magia solo con las manos.

Milena se había enamorado de él viéndolo trabajar. A los pocos meses de conocerlo volvió a surgir su deseo de tener un hijo. Ya no solo quería un hijo. Quería un hijo de Victor.

Un soplo de alegría hizo que se mareara un instante. Milena llevaba en su cuerpo lo que quedaba de su amor. Él estaba muerto, y en su vientre se organizaba la vida.

Victor habría querido que tuviera al niño y que siguiera viviendo con él y para él. Casi lo oía animándola. El tono que utilizaría, sus palabras. Aún podía acceder a todo su software emocional. Una fuerza dentro de ella la empujaba a desafiar aquel desastre. Como habría hecho él. Trasladando y avivando su pulsión vital. Aferrándose a la ternura, costara lo que costase.

Pero otra voz, más poderosa, la empujaba a pisotearlo todo. Pasado, presente y futuro. Todo. Arrancar los cables para que ningún pensamiento volviera a atravesarla. La alegría se había convertido en el sentimiento más insoportable.

Sonó su teléfono. Dudó si responder. No. Luego sí.

—Hola, ¿Milena? —dijo el biólogo—. He terminado los análisis de lo que me ha traído.

—¡Voy! —gritó incorporándose.

Tiró la prueba a la papelera como si estuviera infectada. Volvía a invadirla aquella mezcla de tristeza y de ira que había sentido cuando su padre se había suicidado.

18

Gaspard aparcó el cacharro más o menos donde lo había robado diciéndose que su propietario lo encontraría. El río se encogía lentamente, y la espuma se desinflaba. La magia había recibido un golpe en el ala. Él se metió en el casco de la barcaza con el corazón sacudido como una bola de nieve. El dolor del brazo se acentuaba, pero se negaba a pensar en él. Cuando su cerebro establecía una posible relación entre aquel dolor y lo que le había dicho Lula, Gaspard cortaba todos los circuitos.

Saludó a las Barberettes, que estaban calentando la voz. Tarareaban una melodía... La melodía.

—¿Es... es conocida esta melodía? —preguntó Gaspard.

—*I don't know, maybe an old musical? I don't know...*

Entretanto, Lula canturreaba en los créditos de *La sirenita* comiéndose un trozo de jabón. Tenía hambre, y el sabor no era tan desagradable como el del pescado cuadrado.

Se le formó una burbuja en la comisura de los labios. Luego otra, y otra más. En unos minutos, Lula se había convertido en una máquina de burbujas. Soplaba ramilletes translúcidos hacia el techo y los observaba explotar en el aire, tranquilamente.

Rossy escuchaba «Parte de tu mundo»* a través del tabique. Como Gaspard había ido a trabajar, dedujo que la criatura se había quedado en su casa. Incapaz de resistir la curiosidad, salió al rellano y, tras comprobar que efectivamente estaba sola, se arrodilló y cogió la llave de debajo del felpudo.

Rossy cruzó el apartamento de Gaspard siguiendo el sonido del televisor. Estuvo a punto de caerse dentro de la bañera al resbalar con la alfombra de baño. Lula pegó un grito y metió la cabeza en el agua.

A Rossy le sorprendió mucho menos la sirena que a la sirena Rossy.

—¡Qué bonito el disfraz de sirena! —exclamó Rossy encendiéndose un cigarrillo.

Lula sacó la cabeza del agua muy despacio.

—Soy Rossy, la vecina de Gaspard.

---

* Canción de los créditos del final de la película *La sirenita*.

Lula, petrificada, no soltaba el trozo de jabón. Las burbujas atravesaban el humo.

—Así que usted es su nueva novia, ¿verdad? ¿Cantante?

Lula no contestaba.

—Está bien —dijo Rossy interpretando la no respuesta de Lula como un «Sí»—. No sé lo que le pasa a nuestro Gaspard con las cantantes…

Lanzó una larga bocanada que convirtió el cuarto de baño en un fumadero de discoteca.

—En fin, me alegro de que haya encontrado a alguien. Porque, el pobre… La última… ¡casi lo mata!

Johnny Cash soltó un maullido, como si entendiera las palabras de Rossy. En realidad, quería croquetas.

—Yo también he intentado matarlo —dijo Lula.

Una pompa de jabón se escapó de sus labios.

—Qué graciosa es usted.

—¿Usted cree?

Rossy se sentó en el borde de la bañera y sacó su paquete de cigarrillos. Se encendió uno, rápida como un Billy el Niño del Zippo. Lula la miraba, fascinada. ¿Qué era aquel extraño tallo que permitía tragar fuego y escupir volutas por la nariz?

—¿La ha llevado ya al Flowerburger?

Lula oía las palabras de Rossy, pero no las escuchaba. La creación de nubes la cautivaba. Le recordaba al nacimiento de las medusas.

—Porque el Flowerburger es un lugar fabuloso para enamorarse.

19

Milena flotaba por los pasillos. Caminaba por encima de su corazón, lo pisoteaba. Se acostumbraba a la muerte. La vida de su vientre sonaba a hueco.

−¿Y bien? −le preguntó al biólogo entrando en el laboratorio.

−¡Nunca había visto algo así!

Pierre señaló un microscopio e invitó a Milena a mirar.

Lo que se veía a través era un azul lleno de lentejuelas, como un cielo estrellado.

Milena levantó la cabeza muy despacio, aturdida por la extraña belleza de lo que acababa de observar.

−Y ese líquido azul es sangre.

−¿Estás seguro de lo que dices?

−Sin duda. Pero el análisis del plasma no coincide con ninguna otra muestra.

−¿Y eso qué quiere decir?

—Quiere decir que me has dado sangre de una especie desconocida...

La mente de Milena derivaba hacia las puertas de lo inexplicable. Las relaciones que establecía no le parecían verosímiles.

—Los glóbulos azules que dan color a la sangre contienen muy poco oxígeno...

El biólogo pensaba al mismo tiempo que hablaba. Cierto nerviosismo se apoderaba de él.

—Esa criatura solo puede sobrevivir unas horas lejos del fondo del mar...

Milena no podía evitar pensar en las últimas palabras de Victor. Su confusión aumentaba a medida que lo imposible entraba en el campo de lo posible. Pero se resistía a la tentación de unir las dos piezas del puzle.

—También he analizado los trocitos de piel translúcida: hueso esponjoso, capa de zafiro cubierta de queratina... Como escamas de pez, pero con piedras preciosas engastadas.

Un filón de estrellas explotó en la mirada del biólogo. Reprimía su entusiasmo, pero sus ojos lo traicionaban. Milena sintió su emoción. La tensión aumentaba. Cogió la bolsa de escamas y le pegó con ella en la cara.

El biólogo estaba paralizado, solo movía las pupilas.

Milena se sintió aliviada. Como inmediatamente después de haber vomitado. Todo lo que se parecía a la alegría le daba arcadas. La menor emoción positiva le afectaba, la infectaba. El canal de la fascinación se había desplomado con la muerte de su padre. Victor lo había reconstruido con cerillas y cartón. Milena se disculpó a regañadientes. El biólogo seguía pareciendo la estatua de un biólogo. Apenas tragaba saliva.

Milena salió del laboratorio con su bolsita. Con un tesoro de caramelos berlingots y un tubo de sangre azul en las manos. En el pasillo se cruzó con los camilleros imbéciles del día anterior. Estamparon la camilla del paciente contra la misma esquina en la que habían estampado la de Victor, con la misma cara inexpresiva. Ella se encerró en su despacho.

Respirar. Seleccionar los pensamientos de entre las emociones. Romperse. Respirar. Volver a seleccionar. Y la película pasaba y volvía a pasar una y otra vez. Cheesecake. Victor. Muerte. Sirena. Voz. Escamas. Sangre azul. Cheesecake. Victor. Muerte. Vida. Vientre. Positiva. Bebé. Muerte. Victor. Muerte. Sirena.

Imposible. Sirena. Imposible. Victor muerto. Sirena. Las sirenas no existen. Cheesecake. Muerte. Milena seguía resistiéndose a la idea de la muerte. Un vestigio de energía anestesiaba su pensamiento, pero la realidad la acechaba.

Miró los últimos análisis y el informe de Victor en el servidor informático del hospital. Sin insuficiencia cardiaca previa, pero con un nivel de nitrógeno muy elevado. El nivel de una narcosis de nitrógeno. La embriaguez de las profundidades en un parking.

Y el cuaderno de marinero que un tío nervioso en calcetines había olvidado estaba en su escritorio, abierto en medio de recetas. El ventilador movía sus hojas.

Milena lo abrió por la primera página y apareció el pop-up del Flowerburger. Siguió hojeándolo. «The poetry of war», los comandos sorpresistas. La chica sin tarjeta médica ni carnet de identidad. La voz. El parking. Las escamas. La sangre azul. La narcosis de nitrógeno. Era imposible. Pero cuanto más se negaba a creerlo, más sentía que la realidad sobrenatural se imponía.

Los multiplicadores de rabia empezaron sus cálculos. El fantasma de su padre aparecía en su cabeza con su paciente muerta en los brazos. El de Victor muerto en los suyos. La melodía que susurraba como si se hubiera tragado una voz. Envenenada. No podía montarle una escena de celos a un muerto, pero podía encontrar a la que lo había envenenado. Vengarse. La idea le traspasó la mente. Un escalofrío. La electricidad había vuelto. Por todo su cuerpo. El hormigón armado de las estrellas muertas.

20

Rossy se puso a cantar en medio de su frase, como en una comedia musical: «Bienvenida al Flowerburger, donde las horas pasan en un segundo, hacemos hamburguesas con flores, aquí está el más allá».

Era la primera vez que Lula oía desafinar. Ni siquiera sabía que era posible.

–¡Para entender a Gaspard hay que saber la historia del Flowerburger! Lo inauguró su abuela. ¡Sylvia Snow, una mujer extraordinaria! Capitana de barco, poetisa, jugadora de póquer, maga…

A Rossy le encantaba contar esta historia, porque también era la suya.

–Gaspard no conoció a su madre. Sylvia lo crio en la barcaza. ¡Le enseñó a convertirse en un soñador de combate! De esos con una imaginación tan potente que pueden modificar la realidad, al menos la suya. «The poetry of war», ¡el arte de los sorpresistas! —exclamó misteriosamente Rossy.

Lula la escuchaba porque ya no había cigarrillo que observar. Su acento inglés era tan divertido como su forma de cantar.

—Los sorpresistas preparaban operaciones comando de poesía que llamaban «robos al revés». Escalaban chimeneas al anochecer, lanzaban copos de nieve de algodón por el conducto y luego tiraban libros, discos y juguetes hechos a mano… Lluvia de unicornios, de dragones…

—¿Sirenas?

—Puede ser, sí… No me acuerdo de todo.

Rossy imitaba cada gesto, como si se teletransportara a la historia que estaba contando.

—Dejaban libros prohibidos en felpudos al azar, juguetes en los alféizares de las ventanas y volvían a esconderse en la bodega del barco justo antes del toque de queda…

Rossy hizo un paso de baile moviendo la cabeza cubierta de grandes rulos. Lula creía que era un caballito de mar.

—¡En la bodega del Flowerburger bailábamos rock'n'roll a tope! Grabábamos poemas en una especie de cabina telefónica, hacíamos discos de chocolate, los escuchábamos una vez y luego teníamos que comérnoslos. Era increíble, el chocolate tenía un sabor diferente dependiendo de la canción. ¡El Flowerburger era el único lugar del mundo en el que se podía degustar la música! Los mejores magos de París venían a estrenar sus trucos, incluso durante la guerra… sobre todo durante la guerra.

—¿Y ahora estamos en guerra?

—¡Por momentos sí! Por eso es importante seguir trabajando para fascinar. ¡Eso hacían los sorpresistas! Sorprender, fascinar, subir la moral… Burn-in! Por puro arrojo —añadió encendiéndose el tercer cigarrillo.

—¿Qué quiere decir «arrojo»?

Acababa de explotar una bomba de alegría.

—¡El corazón, mi niña! ¡Hacer las cosas por la belleza del gesto! ¡La pasión, el instinto! El espíritu de aventura, la imaginación, el humor, el compañerismo. Y por supuesto, lo más importante, ¡el amor!

—¿Por qué me cuenta todo esto? —le preguntó de repente Lula.

—¡Porque sin amor Gaspard está acabado! Por más que quiera convencerse de lo contrario, ¡está acabado! El Flowerburger es su motor. Pero ¡el combustible es el corazón! Tenemos que ayudarle a que vuelva a ser él mismo, mi querida señorita.

El silencio invadió el cuarto de baño, apenas alterado por el chapoteo.

—Mire, también a mí me dejaron, y después de la ruptura me cerré como una ostra. Aunque no terminaba de admitirlo, confiaba en que llegaría alguien, me daría unos golpecitos en la concha y me diría: «¡Eh, salga de ahí, sé que es usted una perla!». Pero no viene nadie. El tiempo pasa, envejezco y estoy sola. Unos viven mejor que otros sin amor, creía que podía, pero era una estupidez. Y en el fondo lo sé perfectamente. ¡Gaspard también lo sabe perfectamente! Así que llega usted en el mejor momento…

—No estoy segura, ¿sabe?, me da miedo…

—Es normal. Instalarse en un gran corazón como el suyo, sin calefacción ni electricidad, puede dar miedo. Pero usted volverá a iluminarlo todo y será fantástico. ¡Es lo único que está esperando Gaspard, que vuelvan a iluminarlo!

El inconfundible ruido del ascensor hizo que Rossy se sobresaltara. Se levantó de repente.

—Si Gaspard me encuentra aquí… ¡Sobre todo no le diga que he venido! Y si necesita lo que sea, trucos para seducirlo, sus canciones preferidas, lo que quiera, lo sé todo de él. ¡Estoy al lado! En el piso de enfrente.

Rossy desapareció tan deprisa como había aparecido. Para Lula, la criatura mágica era ella. Con su paquete de tallos para aspirar fuego y su historia del amor.

El amor… Lula había guardado esta vieja idea en el armario hacía miles de años. Se había convertido en generadora de destrucción. Los hombres se destrozaban el corazón contra su escudo envenenado. Nada ni nadie podía resistirse a ella. Incluso los tiburones blancos perdían el sentido de la orientación al escuchar su canto. Se estrellaban contra las rocas y se despertaban con la garganta seca y arena entre los dientes.

Y de repente aquel gran caballito de mar con rulos columpiaba el amor por encima de su cabeza como un tiovivo. ¡El que repara, el que salva! Las palabras de Rossy volvían a unir los destellos de los viejos tiempos. A lo lejos, en las catacumbas de su memoria, detrás de las sombras, subsistía un eco. Una sensación. Un recuerdo casi borrado. Pero algo había sucedido antes de los desastres…

Lula sintió un ligero hormigueo en el estómago. ¿Qué pasaría si volviera a enamorarse? ¿Su poder se volvería contra ella? Su aleta se balanceó por encima de la bañera.

A Lula le sorprendió esperar el regreso de Gaspard y desear que no le explotara el corazón, y no exclusivamente para poder volver al fondo del mar. Se suponía que solo los dioses podían resistirse a ella, pero nunca había visto ninguno. O en realidad no eran dioses. En cualquier caso, todos estaban muertos.

21

Milena examinaba el *Libro de los sorpresistas* en busca de un nombre o una dirección. Las páginas desfilaban a cámara rápida, como si barajara un juego de cartas. La guerra. La muerte. París. Un roble. La historia de una familia. Un haiku. Navidad. Un wéstern. Nieve. Mucha nieve. Un tesoro. Un desván. Un gigante. La línea divisoria. Un reloj sin cuco. Un fantasma escondido debajo de su sábana. Un cactus disfrazado de niña. El corazón. España. Una rosa. Un vampiro. Estrellas. Muchas estrellas. El corazón. Mapas. El Ártico. Un sombrero. Cowboys jugando a indios. Un barco que se alza en pop-up. Su nombre: el Flowerburger. Pero ninguna dirección. Páginas en blanco. Muchas páginas en blanco. Y más páginas en blanco. Sin fin.

o

El paquete de cigarrillos de Rossy se alzaba en el borde del lavabo, entre un tubo de pasta de dientes y un vaso lleno de cepillos de dientes. Lula se levantó dolorosamente de la bañera. Consiguió coger el pequeño tesoro de cartón, con el mechero dentro. Repitió el gesto varias veces, con el pitillo en la boca y mirada de terciopelo, antes de lanzarse por fin. Sus dedos mojados malograron sus primeros intentos.

Parecía una adolescente probando su primer cigarrillo. En el poco tiempo que llevaba entre los humanos, todo eran descubrimientos. Aunque la sirena existía antes de Leonard Cohen, antes de Patti Smith, antes de Walt Whitman, antes de Johnny Cash (el cantante, no el gato), antes de June Carter, antes de Jesús (Jesucristo, no el futbolista brasileño), antes de los hombres y antes de las mujeres. Cuando todo era silencio, tanto debajo del agua como en la superficie. Lula existía antes de todo eso. Lula existía casi desde siempre.

Desde hacía ocho mil años, su gran misión era cuidar los corales. Era la florista del coral y organizaba los ramilletes. Rompía las ramas podridas con los dientes para que el coral volviera a brotar y se aseguraba de que los peces payaso pudieran refugiarse. Cavaba las madrigueras de las morenas con mucha agua y un poco de electricidad. En primavera, recogía en plena noche los huevos de tortuga perdidos en la playa, los incubaba contra su vientre y desaparecía antes del amanecer. Con el paso del tiempo, le costaba cada vez más separarse del huevo.

La sincronización entre la llama del mechero y la inspiración de Lula fue óptima. El cigarrillo se encendió. La sirena imitaba a la perfección los gestos de Rossy. Aspiró una bocanada con los ojos medio cerrados. Una sirena en una bañera, con la cola de diamantes apoyada en el grifo, fumándose un cigarrillo. La expresión perfecta del «arrojo», la palabra que Rossy acaba de enseñarle.

De repente, Lula empezó a toser con la violencia de un saco de yeso lanzado contra una pared. Abría los ojos de par en par y su respiración se aceleraba. Se ahogaba. Había escapado de dioses, de hombres odiosos, de dinosaurios, de volcanes submarinos, de redes electrificadas, de la quilla de un velero que le había golpeado en la cabeza mientras dormía y de hélices de barcos a motor que la habían mutilado muchas veces. Toda una eternidad para acabar su vida en una bañera, ahogándose con un cigarrillo. Un poco de humo salía de ambos lados de su cuello. Sus branquias funcionaban como respiradero, pero no bastaba. La sirena se asfixiaba, perdía sus fuerzas. Dejó caer el cigarrillo en la alfombra de baño, que enseguida empezó a arder.

22

Gaspard le pasaba las flores a Henri para ayudarlo a hacer sus famosas hamburguesas.

—Amigo mío, algo no va bien en tu sesera. Sabes que puedes hablar conmigo… —le dijo Henri con su aspecto de Belmondo perdido en un wéstern.

Gaspard siguió concentrado en su ramo de capuchinas y levantó ligeramente la cabeza.

—Perdona. Pero ¿qué harías si… si te pasara algo extraordinario y… no pudieras decírselo a nadie?

—Empezaría por contárselo a mi amigo Henri… ¿Extraordinario para bien o para mal?

—Simplemente extraordinario.

En el cuarto de baño se acumulaban grandes nubes de humo negro. Las llamas empezaban a apoderarse de la puerta. Lula se asfixiaba. Y cuanto más se asfixiaba, más se asustaba. Las branquias de la parte inferior de su cuello silbaban como un hervidor de agua.

Gaspard estaba nervioso. Sabía que debía guardar su secreto para proteger a la extraña criatura que hospedaba en su bañera. También sabía que el día anterior no había ido al Flowerburger y se lo reprochaba. Camille fue a sentarse a su lado.

Se quedaron un momento en silencio. Padre e hijo. La misma manera de apoyar la mitad del antebrazo en la barra, la misma manera de inclinar ligeramente la cabeza a la izquierda, con los hombros hacia atrás y el pecho muy recto, poderoso.

—Últimamente solo hago tonterías… He perdido el *Libro de los sorpresistas.*

Su padre lo observó sin hacerle reproches.

—Es una señal, ¡pasa a otra cosa!

Gaspard se encogió un poco.

—¿Te das cuenta de lo que dices, papá? Había poemas de Sylvia escritos a mano.

—Sabes hacer muchas cosas, hijo mío, pero eres un subdotado en el duelo.

—Seguro que contra un superdotado como tú no puedo luchar.

—Precisamente, la cuestión es saber cómo luchar… Te deja una mujer y te niegas al amor. En tu barco entra agua y te niegas a volver al puerto. Tienes un problema con el fracaso.

–Y tú tienes un problema con el arrojo. Un problema grave.

–El arrojo, hijo mío, es aceptar el fracaso y recuperarse. No huir de la realidad. ¡Esa es la mentalidad de los sorpresistas! El libro nos importa una mierda.

Gaspard miró a su padre. No lo entendía. Lo quería, pero no lo entendía. Habría querido decirle que estaba escribiendo la continuación de las aventuras de los sorpresistas en las páginas en blanco del cuaderno, y también letras de nuevas canciones, que tocaba en el escenario del Flowerburger. Decirle que la imaginación no era una pompa de jabón decorativa, sino que era su identidad, la identidad de los sorpresistas.

Sonó su teléfono, que interrumpió un silencio de wéstern entre el padre y el hijo. Era Rossy. No le apetecía responder, pero Rossy nunca lo llamaba. Ante la duda, contestó.

–¡Dese prisa, hay fuego en su casa!

Gaspard saltó a «su» tuk-tuk. El avance de los acontecimientos casi le había hecho olvidar que algún día tendría que devolver aquel bonito cacharro que había cambiado de malas maneras por un par de patines. Cruzó París por el carril bus y a veces incluso por el carril bici, derrapando.

Frenó en seco delante de su apartamento, y poco le faltó para chocar con una bicicleta Velib' abandonada. Un camión de bomberos estaba aparcado justo al lado. Unos hombres uniformados terminaban de guardar las mangueras. Como en las películas de catástrofes o en las cadenas de noticias cuando realmente ha sucedido un desastre. Rossy, con moño y picardías de otra época, hablaba con los bomberos. Gaspard galopó hasta la escalera y subió los escalones de tres en tres.

En el apartaller, el jefe de los bomberos pisoteaba involuntariamente la gran cantidad de juguetes quemados que cubrían el suelo. Se parecía un poco a Robert Mitchum, con su hoyuelo en la barbilla y sus hombros de cowboy. Creyó oír una voz a través del humo. Una minúscula voz que cantaba una melodía. La melodía. Avanzó con prudencia. Nada, aparte de los tirabuzones de humo blanco.

—Jefe, ¿todo bien?

—Me da la impresión de que el humo… ¡canta!

—Tiene que descansar, jefe.

Se giró y vio a Gaspard, que llegaba sin aliento.

—Tiene suerte, por poco arde todo el edificio.

Recuperó su actitud de jefe, pero no pudo evitar pensar en la voz que había oído a través del humo. Resonaba en su cabeza.

—Tenga cuidado al apagar los cigarrillos. ¡O deje de fumar!

—Pero ¡si no fumo!

El jefe bombero miró a los ojos a Gaspard y se dio media vuelta. Algo lo asustaba, no sabía el qué, pero quería salir de allí cuanto antes.

Los bomberos bajaron con su equipamiento y dejaron a Gaspard solo en lo que ya no parecía su apartamento.

El gato salió maullando de debajo de una butaca de cine ennegrecida. Con el pelo calcinado hasta las pestañas, Johnny Cash empezaba a parecerse a Robert Smith en la época de «A Forest». Se acercó a frotarse contra la pierna de Gaspard, que lo cogió en brazos sin atreverse a acariciar la bola de hollín. Alrededor, figurillas desfiguradas y vinilos derretidos como tabletas de chocolate al sol. El piano también se había derretido, los sostenidos y los bemoles goteaban hasta el suelo.

Corrió al cuarto de baño. La bañera estaba vacía, y la alfombra se había convertido en un fantasma de alfombra de baño. Solo quedaba el dormitorio. La cama había sobrevivido parcialmente, y el póster de Johnny Cash se despegaba de la pared. Y Lula seguía sin aparecer.

De repente, una melodía. La melodía. Apenas audible.

Gaspard levantó el edredón. Nadie. El extremo de la aleta brillante sobresalía por debajo del somier. Gaspard se tiró al suelo, boca abajo, y descubrió a Lula acurrucada debajo de la cama, aterrorizada.

La ayudó a salir tirando suavemente de sus manos. Las escamas difractaron la luz en toda la habitación. La sirena temblaba de miedo y respiraba a trompicones, pero el fuego no la había alcanzado. Gaspard suspiró aliviado e intentó calmarse.

23

Lula, tendida sobre las sábanas, lo miraba con expresión culpable. Dejó escapar un hipido en miniatura. Con una camiseta de Johnny Cash demasiado grande y la mitad del cuerpo como una lámpara del hotel Majestic, con sus ojos de zafiro cubiertos de interminables pestañas y aquella manera de morderse el labio cuando pensaba.

–¿Qué ha pasado? –le preguntó Gaspard.

El miedo no la abandonaba. Como si todo pudiera volver a arder en cualquier momento.

–Le dije que tenía que llevarme al agua.

Entonces Gaspard entendió que Lula era la responsable del incendio.

–Lo siento mucho.

Aquel «lo siento mucho» de lechuza no tuvo ningún efecto en él. Su rabia ascendió como las claras a punto de nieve, pero a cámara rápida. Tras el alivio al verla sana y salva, se daba cuenta de que había destruido su apartamento. Su refugio y parte de sus recuerdos más queridos.

–¿Lo siente? ¿Lo siente mucho? ¡No me lo puedo creer! Le pongo *La sirenita*, la dejo tranquila, me marcho… vuelvo y ¡todo quemado!

Lula lo miraba fijamente. Sus ojos parecían haber perdido su poder hipnótico. Solo quedaba una mirada de niña que se había sentado en el botón «terremoto».

Alguien llamó a la puerta. Gaspard dudó un instante, pero el timbre volvió a sonar, insistente. Con los nervios de punta, decidió ir a abrir.

Era Rossy, que aspiraba nerviosamente su cigarrillo.

–¿Qué tal? ¿Muchos destrozos?

–No es el momento, Rossy.

–Si necesita ayuda…

–No necesito ayuda.

Gaspard cerró la puerta para interrumpir la conversación.

Volvió al salón y se puso a ordenar como un autómata maniaco. Cogía los pequeños juguetes calcinados uno a uno y volvía a dejarlos en sus estantes. Como si no hubiera pasado nada. Los discos que no se habían derretido estaban combados. Cogió uno de sus preferidos, *New Skin for the Old Ceremony*, de Leonard Cohen, y lo colocó en el tocadiscos. El mero gesto de poner la aguja encima del vinilo lo reconfortaba. Aquel chisporroteo de pinar justo antes de la buena música. Leonard Cohen lo reconfortaba, incluso en un disco combado que daba la impresión de que el cantante se había quedado sin pilas.

La voz temblorosa aterrorizaba a Lula, que estaba en la cama. Los arpegios melancólicos de «Who by Fire» hacían que se le saltaran las lágrimas. En la comisura del ojo izquierdo se formó una perla, y luego otra en el derecho. Se desprendieron y rebotaron en el suelo. Parecían un collar roto. Recordó a un pescador que le ponía canciones tristes para que llorara perlas raras. Al pensarlo lloró aún más. En unos minutos, el suelo estaba cubierto de aquellas preciosas lágrimas.

Una hora después, Gaspard se concedió una pausa. Sentado en medio de los escombros, el principio de realidad le saltó a la cara. Era un desastre. El apartaller estaba irreconocible. Las paredes, carbonizadas hasta el techo, los juguetes que habían hecho los sorpresistas, destrozados, su ejército de Kinder, diezmado por las llamas, y un olor a horno sucio. Lula había destruido su tesoro.

El voice-o-graph se alzaba en medio de los escombros. Gaspard se refugió dentro unos minutos. Cogió su vieja guitarra folk. Una Kalamazoo, no era una gran marca, ni muy cara, pero tenía ese sonido de blues áspero que amaba por encima de todo. Tenía mucho cariño a aquella guitarra, la amaba como se ama una vieja carraca. Incluso en plena tempestad, podía contar con aquel viejo trozo de madera. Gaspard había compuesto todas sus canciones con ella, sobre todo las que le habían permitido no ahogarse después de su ruptura. Gaspard intentó hacer un acorde, pero salió un sonido sordo, muerto y desafinado. Un oso sentándose en un contrabajo no lo habría hecho mejor. Intentó afinarla y la cuerda del re le explotó entre los dedos. Luego la del la, así, sola. El mango estaba torcido. Las llamas habían deformado la caja, además de haberla ennegrecido. Gaspard, furioso, la estrelló contra el suelo.

El sonido de un instrumento que se rompe te arranca el corazón. Es uno de los ruidos más tristes de la historia de los ruidos.

El estruendo de la madera sobresaltó a Lula. Tenía las branquias tan resecas que su piel y sus escamas empezaban a perder brillo. Tosía cada vez más. Al escapar del cuarto de baño se había arrancado el vendaje. Las sábanas estaban manchadas de sangre azul. El miedo la atenazaba, como frente a Victor en el parking de urgencias y después frente a Gaspard cuando la había dejado en la bañera. Instintivamente, se le pasó por la cabeza recurrir a su melodía mortal. Se contuvo.

Gaspard entró en la habitación y, sin decir nada,

se la colgó al hombro como un saco de patatas. Al salir, resbaló con una perla y a punto estuvo de caerse al suelo.

Unos segundos después llamó al timbre de Rossy, que abrió la puerta más rápido que su sombra.

—¿Quería ayudarme?

—¡Sí, claro!

—¿Tiene una bañera?

—Más o menos como la suya…

Gaspard dejó a Lula en la bañera de Rossy, abrió el agua y comprobó la temperatura.

—¿Puede cerrar el cuarto de baño con llave?

—Sí.

—Sobre todo, que no salga.

—¡Puede contar conmigo! —le contestó Rossy encendiéndose un cigarrillo.

—Muchas gracias, Rossy… Tengo que solucionar dos o tres problemas urgentes, luego la llevaré de vuelta al agua y no se hable más —dijo Gaspard saliendo del cuarto de baño sin girarse.

Rossy se preguntaba por qué Gaspard hablaba de llevarla de vuelta al agua.

—Está muy pálido. ¿Seguro que está bien?

—Sí, bien, bien.

Lula lo observó desaparecer detrás de la puerta. Una emoción nueva se apoderaba de ella. No sabía exactamente de dónde venía ni cómo deshacerse de ella. Los latidos del corazón le golpeaban las sienes y su respiración se aceleraba.

Gaspard empujó la puerta de su apartamento. Su mano ascendía mecánicamente hacia el corazón. El dolor sordo se amplificaba, una sensación de peso en el pecho. Se asfixiaba. ¿Y si lo que le había dicho Lula era verdad?, se preguntó.

Al entrar en su habitación, pisó una perla y cayó bruscamente de espaldas. Johnny Cash miró a su dueño tirado en el suelo y maulló. Su cuenco estaba vacío. «¡Tengo hambre!», decía en lengua de gato.

Gaspard se levantó con una mueca. Recogió las lágrimas de Lula con la escoba y el recogedor para tirarlas a la basura. El gato lo seguía reproduciendo el mismo maullido cada diez segundos.

Se recuperó progresivamente dando de comer a Johnny Cash. El gato llenó su boca de peluche antes incluso de que las croquetas tocaran el fondo del cuenco. El suelo estaba cubierto de misteriosas perlas. Una vez saciado, se puso a jugar con ellas al pinball. Saltó, resopló y dio un zarpazo tras otro.

Gaspard se tumbó un momento en la cama. El perfume yodado de Lula había impregnado las sábanas. Una escama perdida brillaba en la almohada. Sintió que se le encogía el corazón. Su mejor enemigo parecía haber vuelto. Con sus luces cegadoras y sus hormigueos en el estómago. ¡El amor! Aquella alegría ácida que despertaba a los fantasmas cantando. Nada que ver con las chispas de los amoríos que se apagan con los dedos. Una gran hoguera, la que se enciende en la víspera de San Juan y hay que saltar por la noche.

El amor exigía otro duelo, y esta vez Gaspard no tenía más remedio que afrontarlo.

24

Pierre entró en el despacho de Milena y dejó el periódico del día ante sus ojos.

—¿Lo ha visto?

Milena vio el gran titular: «¿Una sirena en París?».

Y el subtítulo: «Varios testigos dicen haber visto una criatura medio mujer, medio pez en el Sena».

—Medio pez, sí… —contestó Milena, confundida.

El mundo volvía a abrirse bajo sus pies. Desde la muerte de su padre, solo le interesaban las explicaciones. Las justificaciones. Descartes era su dios. Una sirena. Las sirenas no existen. La idea goteaba como un grifo de ácido en sus nervios.

La ironía de la mala suerte seguía golpeándola. Como si la amante de su padre hubiera regresado en el cuerpo de aquella criatura envenenada. Solo pensaba en eso, en vengarse de aquella mujer, fuera cual fuese el color de su sangre. La oleada de lágrimas la sepultaba.

Pero, por momentos, se producía una tregua. El recuerdo de su padre antes de los desastres, la sensación de alegría que había recuperado con Victor sin terminar de admitirlo. La ligereza. La bifurcación que su destino podría haber tomado la acechaba. Un fantasma de placidez posible.

Una voz apenas audible le susurraba que volviera a subir a la superficie de la vida. La voz de Victor. Dejar que el tiempo hiciera su función y criar al niño. Aceptar volver a educarse en la alegría. Captaba otra vez su frecuencia, y luego todo se apagaba.

25

«*You better run! You better run! You better run, to the City of Refuge.*» Estos versos de Nick Cave lo perseguían. Pero Gaspard se negaba a escucharlos, a escucharse. Algo lo atraía desde el otro lado del tabique. Más allá de la razón. Un hechizo. Negro intenso.

Se puso de pie sobre sus piernas de algodón y corrió a casa de Rossy.

—¿Cómo está? —le preguntó intentando ocultar que le costaba respirar.

—Acaba de despertarse…

Gaspard entró en el cuarto de baño, y Rossy cerró la puerta sigilosamente.

Sus pechos eran la constelación más pequeña jamás vista: dos estrellas. Era demasiado hermosa. «¡Arrastras tu ataúd con una correa! ¡Te parece pesado porque ya tienes un pie dentro!», susurraba su conciencia. La oía claramente. Y el sonido reverberaba contra las paredes de su cráneo. Su corazón escupía pétalos de rosa ensangrentados que le taponaban las arterias. «Escribe una canción, un libro o date una buena ducha de agua helada, pero sal de ahí», susurraba la voz. Tenía acúfenos.

Lula abrió los párpados. Sus pestañas-abanicos hicieron un baile flamenco.

—Lo siento mucho…

—Lo sé.

—¿Le arde el corazón?

—No tanto como el apartamento.

—Solo le queda un día…

—Solo le queda un día a usted… ¿Qué tal su herida?

—Todavía supura un poco, pero está mucho mejor —afirmó Lula. Su aleta goteaba como un grifo viejo—. Y sobre todo… uf. He… ¡he dejado de fumar! —añadió con un hipido.

Mentía mal, sus bromas eran pésimas y el hipo le hacía parecer alcohólica. Irresistible.

Se miraron. Gaspard reunió todas las fuerzas de su razón para volver en sí. «¡Qué diablo tan mono! Mira cómo cava tu tumba con su pala y su cubo», se burlaba su conciencia.

—Voy a llevarla ya. Así nos irá mejor a todos.

Lula movió ligeramente la cabeza para asentir. La historia terminaba. Se acabó el guapo carcelero, con su pescado incomible, sus enfados homéricos y su ternura de niño torpe. Por primera vez en su larga vida, la sirena sentía aquel extraño hormigueo. Se daba perfecta cuenta de que iba a echar de menos a Gaspard. El hombre que no había intentado comérsela, sino que le había dado de comer. Se había ocupado de ella. No había pedido nada. Ni arponazos inesperados, ni gestos fuera de lugar. No había sentido aquella sensación en milenios.

Lula miró fijamente a Gaspard, como si fotografiara un recuerdo.

Un largo silencio invadió el cuarto de baño de Rossy.

—Bueno… —dijo Gaspard para desbloquear el tiempo suspendido—. ¿Qué quiere hacer en sus últimas horas en París?

—¿Comer un parisian fish?

—Rossy ha ido a buscarle uno —le contestó Gaspard, orgulloso de haberse anticipado al deseo de Lula—. ¿Algo más?

Lula pensó un momento mordiéndose los labios. A Gaspard se le pasó por la cabeza besarla. No podía evitar mirar aquella fruta viva que era su boca.

—Escuchar una canción del crooner de cuarto de baño.

—¡Haremos algo mejor! —exclamó Gaspard con los ojos brillantes—. La grabaremos juntos…

Lula aplaudió suavemente y movió la aleta.

—¡Vamos a hacer un disco!

—¿Un disco?

—¡Sí, con una voz como la suya hay que hacer un disco!

—Ah, ¿sí?

—¡Será mortal, ya lo verá!

Lula lo miró con la misma expresión perpleja que al probar el pescado rebozado.

Gaspard recuperaba el impulso creativo que era fuente de vida. Aquello por lo que Sylvia le había dejado el *Libro secreto de los sorpresistas*. ¿Lo había perdido? ¡Escribiría otro! ¡Se disponía a grabar una canción con una sirena! El sueño simbólico que los héroes de su panteón personal Serge Gainsbourg, Lee Hazlewood, Nick Cave y Johnny Cash se habían pasado la vida persiguiendo. Una búsqueda homérica: cantar a dúo con sirenas. Gaspard no tenía ni a Brigitte Bardot, ni a Nancy Sinatra, Jane Birkin, June Carter, PJ Harvey o Kylie Minogue. Tenía algo mejor, una sirena de verdad. Con escamas de zafiro y una voz que rompe el corazón desde las primeras notas, literalmente. Se arriesgaba a morir antes de que acabara la canción, pero en aquel momento nada era más importante que grabarla.

Gaspard se iluminaba. La alegría lo inundaba con tanta fuerza que le ardía el corazón. Los demonios del entusiasmo estaban recuperando el control.

Se sentó en el voice-o-graph con Lula en las rodillas. Olía a quemado, pero la máquina seguía funcionando. Gaspard introdujo las fichas que permitían empezar a grabar. Comunicaba sus nervios alegres a Lula. Ella captaba sus emociones en el momento exacto en que él las sentía. A la sirena le sorprendía recibir con tanta claridad aquellas señales, pero se dejaba llevar.

«¡Grabación en treinta segundos!», dijo una voz de robot de tipo dictado mágico.* Era como un fotomatón, con la diferencia de que se fotografiaba la música.

A Gaspard le costaba afinar el ukelele, y Lula le cantaba las notas para ayudarlo.

«¡Grabación en quince segundos!»

La sirena se colgaba de su cuello como una adolescente enamorada y no dejaba de mirarlo.

«¡5, 4, 3, 2, 1… GRABANDO!»

Gaspard improvisó varios acordes de swing hawaiano, y Lula marcaba el ritmo golpeando suavemente la pared de la cabina con la aleta. Gaspard empezó a cantar: «Oh, mi sirena de cuarto de baño, domadora de patos de plástico, tendrás que explicarme por qué me siento tan bien». Lula asentía sonriendo y, con la misma melodía, le contestó: «Estás enamorándote de mí como todos los hombres antes de ti que oyeron mi voz». Gaspard la escuchaba sin dejar de concentrarse en el ukelele. «Oh, mi pequeña Lula, si supieras cuánto me rompí el invierno

* *Dictée magique*: juguete naranja de los años ochenta que permitía aprender francés con un profesor invisible con voz de robot (utilizado por el propio E.T. para contactar con sus congéneres).

pasado, ya no siento alegría ni emociones… estoy inmunizado.»

Momento de silencio, como si, tras esta palabra, Gaspard hubiera perdido la inspiración y se hubiera bloqueado. Luego Lula tomó el relevo y, siguiendo el esquema de su melodía mortal, cantó: «Mi querido Gaspard, hermoso Gaspard, soy una sirena, sirena, sirena. Ten cuidado contigo, ten cuidado conmigo antes de que sea demasiado tarde para ti, demasiado tarde para mí…». La voz de Lula hipnotizaba a Gaspard, aunque resistía y arpegiaba la melodía del vals asesino con el ukelele.

La pequeña luz que indicaba que la grabación había terminado parpadeó. Un brazo metálico cogió el disco que acababan de grabar para dejarlo fuera de la máquina.

Gaspard salió de la cabina con Lula en brazos. «Se parece mucho a un beso», pensó. Lula oyó su pensamiento, aunque no terminaba de entender la palabra «beso».

«¡Choc!» La máquina expulsó el disco como las fotos de un fotomatón. Gaspard se lo dio a la sirena, que no sabía qué hacer con él.

—Es mortal, ¿no?

—Me temo que sí… —le contestó Lula.

De repente Gaspard se mareó. Como una crisis de sueño eufórica. Estuvo a punto de desplomarse, y

Lula con él, pero se recuperó lo más dignamente posible.

—¿Qué le pasa?

—Nada, nada… He debido de resbalar con una canica. Hay canicas por todas partes, no sé de dónde han salido.

—¡Está enamorándose de mí!

—¡Qué va! ¡Para nada!

Gaspard soltó una risita nerviosa. Reunió todas sus fuerzas e hizo girar a Lula imitando un vals.

—Le recuerdo que acaba de quemar mi apartamento. Y además no es para nada mi tipo.

Seguía haciéndola bailar tarareando la melodía que acababan de grabar.

Gaspard se agotaba a fuerza de hacer bailar a Lula en sus brazos. Se sentó en una butaca de cine medio quemada, con la sirena acurrucada contra su pecho. La idea del beso le traspasó suavemente por segunda vez en un cuarto de hora.

Lula se sumió en sus pensamientos mordiéndose los labios.

—¿Cómo es el amor?

—Como la alegría… —Se tomó unos segundos para pensar y añadió—: Pero pincha.

—¿Pincha?

—¡Pincha!

26

Milena se esforzaba por curar a un paciente que estaba delirando. Un hombre de anchos hombros y con un hoyuelo en la barbilla, que repetía en bucle: «Me daba la impresión de que el humo cantaba... Esa voz... Nunca he oído nada más hermoso que esa voz». Cerró los ojos y repitió la misma frase, una y otra vez.

–¿Dónde? ¿Dónde ha oído esa voz? –le preguntó Milena sacudiéndolo–. ¡Contésteme!

Un enfermero intervino.

–¡Eh! ¡Con cuidado!

Los ojos del paciente volvieron a parpadear y se cerraron. Milena lo soltó resoplando, enfadada. Luego se giró poco a poco hacia el enfermero, le señaló con el índice y, sin dejar de mirarlo, le soltó:

–¡Con cuidado, tú! ¡Con mucho cuidado!

Milena siguió mirándolo fijamente hasta que él bajó los ojos.

○

Gaspard colocó el disco en el tocadiscos. Hacía mucho tiempo que no sentía aquella alegría simple y lúdica.

A Lula le costaba reconocer su voz. Era la primera vez que la oía sin estar cantando.

—¡Haremos un álbum entero! Se titulará *Una sirena en París*...

Gaspard iba de un lado a otro pensando. La idea lo entusiasmaba. El árbol de Navidad abandonado en las aceras de enero que había sido volvía a iluminarse, volvían a crecerle las hojas.

—¿Se da cuenta de que esto podría salvar el Flowerburger?

Lula fingió no haber oído hablar del famoso barco.

—Una barcaza que era de mi abuela. Y el secreto mejor guardado de París —dijo Gaspard, orgulloso de su misterio.

—¿Un secreto?

De repente, los ojos de Gaspard se iluminaron tanto que parecía un loco.

—Le propongo un trato.

—¿Un trato?

—La llevo al Flowerburger, no tenemos que desviarnos mucho, y a las doce en punto de la noche, pase lo que pase, la devuelvo al agua.

—¿De verdad? —le preguntó Lula, circunspecta, con el ceño fruncido.

—Sí, porque como seguro que nos separaremos a las doce… ¡no corremos ningún riesgo! Será como nuestra fiesta de separación. Una luna de miel, pero a la inversa.

Lula sentía un hormigueo en el estómago. Justo donde la piel se convertía en escamas. Una sensación nueva. ¿El dolor de su herida podía extenderse hasta allí?

Gaspard llamó a la puerta de Rossy fingiendo no estar tan contento como parecía.

—Rossy, perdone, ¿podría prestarme un vestido?

—¡No sé si tengo alguno de su talla!

Rossy abrió su armario-cueva de Alí Babá. Parecía que todas las pin-up del París de los años cincuenta le hubieran legado sus vestidos. Lula eligió uno de lamé azul, con la falda de tul a juego con la aleta.

Rossy pasó la plancha de pelo por la melena de la sirena para rizársela. Gaspard observaba de reojo la metamorfosis. Un trazo de eyeliner después, parecía Lauren Bacall.

Entretanto, en el hospital, Milena recorría los pasillos con paso tan rápido que el biólogo tenía que dar zancadas para seguirla.

—Voy a encontrarla. Y le garantizo que vamos a comer pescado a la parrilla varios días seguidos.

El biólogo, sin aliento y asustado por la locura que parecía apoderarse de Milena, intentaba poner buena cara.

—Ah, estupendo, porque me encanta el pescado. Todo tipo de pescado, la lubina, el lenguado, la dorada… Ñam, ¡la dorada! Incluso las sardinas, digan lo que digan, me parece que las sardinas están riquísimas.

Milena no escuchaba el sermón pro sardina del biólogo. Solo se escuchaba a sí misma. Su sed de venganza había canalizado su ira. Ya nada podía detenerla. Encontraría a la criatura que había provocado la muerte de Victor, y si era necesario, la mataría con sus propias manos.

27

Caía la noche en París. Los pintores del crepúsculo habían hecho un buen trabajo: los ocres explotaban en los muelles húmedos, y las nubes destripadas sangraban por encima del río. Una de ellas, enganchada a la punta de los relojes del quai d'Orsay, se deshilachaba como un ovillo. El viento volvía a tejerla, con sus modales de vieja loca, pero nunca de la misma forma, nunca del mismo tamaño.

Gaspard llevaba a Lula en brazos. Su aleta brillante apenas sobresalía del largo vestido. La falda de tul le hacía parecer un copo de nieve de ojos azules.

A Lula le sorprendía todo. Un semáforo que cambiaba a verde y hacía que todos los coches arrancaran a la vez. Se lo imaginaba en el mar, todos los peces esperando a que una roca cambiara de color para poder avanzar.

Sentía que Gaspard ponía toda la carne en el asador para complacerla, y ella quería devolverle lo mismo. A las doce estaría en el río, y si la herida no la frenaba demasiado, estaría de vuelta en su querido océano antes del amanecer. Pero cuanto más razonable intentaba ser, más la invadía la melancolía.

Gaspard, kamikaze solícito, con una mano humedecía el rostro de Lula con un vaporizador, y con la otra sujetaba el volante del tuk-tuk. En menos de un kilómetro había vaciado la mitad de una botella. También él se había vestido con sus mejores galas, traje de tres piezas y pajarita. Todo era alegría, velocidad y dulzura.

Al día siguiente tendrá que volver a la vida normal. No habrá sirena a la que salvar y deberá encontrar al dueño del vehículo, que no es suyo. Tendrá que enfadarse con su padre por el futuro del Flowerburger. Gaspard ahuyentó estas ideas grises mientras aparcaba el cacharro mágico en el muelle en el que estaba atracada la barcaza. Nadie había convertido el tuk-tuk en carroza, pero aun así Gaspard se las arregló para acomodar a una sirena en el asiento trasero. El tema del zapato estaba olvidado, no se planteaba.

Gaspard abrió la puerta y vio varias escamas en el asiento. La había oído toser durante el trayecto, pero ella aseguraba que estaba bien, que no era nada. Los dos tenían unas ganas terribles de estar bien.

—Espéreme un momento…

Gaspard desapareció en la barcaza y volvió con una silla de oficina con ruedas para sentar cómodamente a Lula.

—Mademoiselle... —le dijo sonriendo e imitando a un inglés imitando a un francés.

A Lula se le escapó la broma, pero entendió que era una broma y sonrió. Su complicidad se ramificaba a cámara rápida. Si todo iba bien, les quedaban tres horas juntos.

La empujó hacia el restaurante. Aunque ella intentaba esconderla, su aleta seguía sobresaliendo ligeramente por debajo del vestido. Como un pequeño milagro. Pasaron por delante de un cartel en el que ponía SE VENDE, colgado en la entrada de la barcaza, pero Gaspard estaba demasiado concentrado en pilotar la silla para fijarse en él.

—Los fantasmas de mis recuerdos apoyan los codos en la barra —dijo Gaspard, muy orgulloso, a la recepcionista.

Esta última dirigió a la pareja hacia la puerta secreta. Gaspard cargó en brazos la silla y a la sirena por la escalera pensando lo terrible que sería que se partiera la cara en ese momento. Que la silla rodara por la escalera, y Lula saliera volando y aterrizara abajo, ante las miradas atónitas de los clientes del bar. Tirada como una pobre trucha arcoíris pescada en una piscifactoría.

Lula descubrió con cierta emoción el feudo de los sorpresistas. Todo era como le había contado Rossy.

En el escenario, las Barberettes electrizaban la sala. Camille se esforzaba por satisfacer a la clientela, realizaba un truco de cartas por aquí y hacía aparecer un pájaro por allá. A Gaspard le gustaba ver a su padre haciendo trucos de magia, como en los buenos tiempos. La crecida estaba descendiendo, pero la gente seguía queriendo fotografiarla. La bodega del Flowerburger estaba abarrotada.

Camille vio a Gaspard y su rostro se ensombreció. Se disculpó con un cliente y corrió hacia su hijo.

—Me dejas plantado y llegas como una flor en una hamburguesa —le dijo con ironía.

—Oye, esta noche, excepcionalmente, te pido…

Al ver a la sublime criatura en los brazos de Gaspard, Camille se convirtió en otro Camille.

—¡Joder, una cantante discapacitada, estoy orgulloso de ti, hijo mío! —le susurró al oído.

Lula se movía en su silla, inquieta al ver a todos aquellos humanos en la misma sala. Al menor problema, se pondría a cantar su melodía mortal, se decía.

Camille dio una palmada. Henri surgió como sabía surgir, más rápido que un zorro de cuento de hadas.

—Da la mejor mesa a Gaspard y su dama.

—Pero hay…

—¡Espabila!

Gaspard estaba avergonzado, y Lula, a punto de desmayarse. Él sacó el pulverizador y roció el rostro de la sirena, que sentía tanto placer que casi se convertía en erótico. Gaspard estaba cada vez más avergonzado, sobre todo en presencia de su inenarrable padre.

—¿Y bien? ¿No presenta a su viejo papá?

Camille hizo uno de sus trucos favoritos, hacer aparecer un ramo de rosas. Gaspard se lo había visto hacer decenas de veces. Reservaba este truco para las mujeres que le parecían deseables. Como el viejo pariente que cuenta siempre el mismo chiste un poco grosero, pero que en cualquier caso nos gusta. Lula aceptó educadamente el ramo y empezó a morder las flores.

—Mmm... ¡Qué ricas! —añadió para complacer al padre de Gaspard.

En unos segundos se había zampado el ramo. Camille la miró sorprendido y empezó a aplaudir.

—¡Aaaah! ¡No había visto este truco, fantástico! —Y de nuevo al oído de Gaspard, y con tan poca discreción como siempre—: ¡Es estupenda! Ya ves, cuando quieres...

Henri dejó dos cócteles en la mesa.

—¡Dos pesca de truchas en América, dos! ¡La especialidad de la casa!

Gaspard solo esperaba una cosa, quedarse por fin tranquilo con Lula. En los dos últimos días se había acostumbrado a tenerla solo para él. El cronómetro avanzaba. Sabía que le quedaba poco tiempo.

Lula se bebió su cóctel a la velocidad de la luz.

—¡Uau! ¡Esto sí que es un descenso olímpico! Kitzbühel!* —exclamó Gaspard bebiéndose su cóctel para compensar el retraso.

—Kiss bull! —exclamó Lula.

—Es usted muy graciosa. Muy amable.

—He intentado matarlo, ¿y me dice que soy muy amable?

—Es amable por haberme avisado.

La embriaguez desenroscaba lentamente los tornillos de sus respectivas conciencias. Amortiguaba la mente sin dañar el pensamiento y liberaba las emociones. Gaspard y Lula flotaban en su burbuja. Cada mililitro de sonrisa, de risa, de miradas, valía oro. El corazón de Gaspard se llenaba a ojos vistas. Aquel cementerio abandonado plagado de telarañas se convertía en cueva de Alí Babá.

Como dos genios malos, Camille y Henri aparecieron de repente con botellas de champán en los brazos y una enorme piñata en forma de corazón, que colocaron por encima de la cabeza de Lula.

—La tradición familiar obliga. Ante todo, veamos lo que hay en el corazón de Lula.

—Papá…

—¿No irás a negarte a la tradición más antigua de los sorpresistas?

* Descenso olímpico, pero de ski.

Lula aplaudió y su aleta hacía ruidos de claqué contra el suelo.

Gaspard aceptó el bastón que le tendió Henri y le dio a cambio el disco que acababa de grabar. Solían regalarse discos de los que había un único ejemplar. Poemas, mensajes telefónicos, secretos… Camille vendó los ojos a Gaspard y le hizo dar siete vueltas sobre sí mismo, como quería la tradición.

—¡Venga! ¡Ponle todo tu corazón!

Gaspard golpeó el aire con el bastón al ritmo de los «olé» de la multitud. Henri, que sujetaba la piñata lo más alto posible por encima de Lula, le dijo disimuladamente a Camille:

—Si le pega un bastonazo en la cabeza, ella se pasará toda la noche de morros.

De repente Gaspard tocó el corazón, que giró a menos de un metro por encima de Lula. Otro golpe, más fuerte, reventó la piñata, que empezó a sangrar confeti. El polvo dorado caía suavemente en el pelo y los hombros de Lula. Otra serie de golpes acabó con el corazón de cartón.

—¡La lluvia de confeti detiene el tiempo! —exclamó Camille.

Quería que Lula lo quisiera de inmediato. Y que fuera para siempre. Que su hijo estuviera mejor como por arte de magia.

Gaspard se quitó la venda de los ojos para ver el final del espectáculo. Lula, con los ojos cerrados, sonreía bajo el diluvio de polvo dorado. Si él hubiera inventado una máquina para detener el tiempo, la habría utilizado en ese mismo momento. Henri hizo una foto, lo que venía a ser casi lo mismo.

—Tu cantante tiene buen corazón, puedes enamorarte tranquilo, hijo mío —soltó Camille, muy contento.

En menos de dos horas, Gaspard llevaría el tuk-tuk al lugar donde había encontrado a la que entonces llamaba pez-chica. La cogería en brazos, bajaría la escalera de piedra y, una vez en el muelle, extendería muy despacio los brazos para dejarla volver al lugar de donde venía.

Lula cogió la botella de champán por el cuello, se la llevó a los labios y se la bebió entera de golpe, mirando fijamente a Gaspard.

—Kiiiiiiisssss buuuuuuuuuuuull! —exclamó haciendo explotar la botella vacía contra la mesa, ante la mirada atónita de los presentes.

Se reían. Y cada vez que se reían, aumentaba su complicidad.

—A fuerza de quedar atrapada en las redes de los pescadores... cuando ya les había dado un ataque al corazón, me terminaba su alcohol.

Lula le hablaba agitándole un trozo de botella por debajo de la nariz.

—¿Y nunca ha habido... supervivientes?

—Nunca... Me han perseguido toda mi vida. Desde la noche de los tiempos, los hombres siempre han querido nuestra piel.

—¿Nuestra piel? ¿Cómo que nuestra piel?

—Hacían joyas con nuestras escamas y arpas con nuestro pelo, que vendían después del espectáculo.

—¿Qué espectáculo?

—Nos encerraban en jaulas en la playa de lo que llamaban «la isla de las Sirenas». Éramos diez. Hacían pagar por vernos. Llegaban barcos llenos de gente. Teníamos que cantar y contonearnos delante de ellos. Nos lanzaban peces muertos, que teníamos que atrapar al vuelo. Como mi madre no hacía olas, siempre iban a por ella. Luego fueron a por mí.

—¿Qué pasó?

—Cada mañana nos arrancaban las escamas. Cuando lo hacían con cuidado, no dolía mucho. Pero el capitán quería cada vez más, porque las joyas se vendían muy bien. Hundía el cuchillo cada vez más, y un día me atravesó la aleta. Sangraba por todas partes. Pero él seguía, por más que yo forcejeaba y gritaba, él no dejaba de hundir el cuchillo. Mi madre se volvió loca, se lanzó sobre él y lo mordió hasta hacerle sangre. Él se giró y le clavó el cuchillo en el corazón. La vi morir. Luego la sacaron de la jaula y la descuartizaron hasta quitarle la última escama. Delante de mí.

—¿Y qué le pasó después?

—El deseo de venganza se apoderó de mí.

—¿Qué hizo?

—Una melodía.

—¿Hizo una melodía?

—Sí. La que utilizo aún hoy para defenderme. Puse en ella toda mi rabia. Quería que los corazones explotaran al oírla. Quería que a los hombres les pareciera tan hermosa que no desconfiaran. Quería que se quedaran hechizados y que murieran. Trabajé en esta melodía con un entusiasmo que no sabía que poseía. Dos amaneceres después, estaba lista.

—Ten cuidado contigo, ten cuidado conmigo antes de que sea demasiado tarde para ti, demasiado tarde para mí... —cantó Gaspard con la famosa melodía que se sabía de memoria.

—Exacto... Solo lamento no haber aprendido a dominar este arte antes. Solo lamento no haber salvado a mi madre. Esa herida nunca cicatrizará. En cuanto me acerco a la superficie, vuelve a abrirse. Desde ese día no puedo estar más de dos amaneceres alejada del fondo del mar.

Lula recuperó la respiración, pero ni por un segundo desvió la mirada de Gaspard.

—Soy la última sirena, y mi voz es mi único medio de defensa.

Gaspard estaba aturdido. Quería estar del lado de las sirenas. Convertirse en una sirena. Todo lo que se suponía que debía enfrentarlos los acercaba. El tiempo se le acababa a medida que se encariñaba con ella. Todo tipo de emociones contradictorias lo atravesaban. La vergüenza de ser un hombre se mezclaba con el deseo, cada vez más intenso.

Lula lo observaba. Temía que sucumbiera antes de las doce. Podía desplomarse de un momento a otro. Allí, delante de su padre. Desde que habían asesinado a su madre, el mundo de los hombres se había convertido en su peor angustia. Una cárcel. La antecámara de una muerte segura. Pero ahora temía más por Gaspard que por ella misma. El hormigueo en el estómago se intensificaba.

El uno se convertía en la droga del otro.

–¿Y a cuántos marineros ha matado? –le preguntó Gaspard en tono falsamente trivial.

Lula se sumió en sus recuerdos. Contaba con los dedos de la mano derecha, un dedo por muerto. Toda la mano. Luego la mano izquierda. De nuevo la mano derecha y también la izquierda, cada vez más deprisa.

–Cuarenta y tres, cuarenta y cuatro…

–Ah, vale, no está mal.

No dejaba de mirar su boca. Un tsunami podría haberse llevado el Flowerburger. Lo importante eran los dos gajos de naranja sanguina que cobraban vida delante de él.

–Qué curioso, más o menos la misma cantidad de amantes que he tenido. Cuarenta y tres o cuarenta y cuatro.

–¡Ah, sí, no está mal!

–¡No está mal, sí!

El reloj del Flowerburger marcaba las once. A Gaspard le daba la impresión de que estaba estropeado, no podía ser tan tarde.

—¡Me alegro mucho de no provocarle ningún efecto! —exclamó Lula.

Gaspard dejó escapar una sonrisa. Su timidez volvía a trompicones, como ataques.

—Es la declaración de no amor más hermosa que me han hecho nunca.

Brindaron con botellas de champán.

28

Milena recorría los muelles en busca del Flowerburger. Examinaba todas las barcazas con el *Libro de los
sorpresistas* en la mano. Una extraña idea se le pasó
por la cabeza: quizá a Victor le habría gustado ese
libro. Escribía en sus pausas para fumarse un cigarrillo. El parking era su despacho de poeta. En el fondo
del bolsillo, junto con el estetoscopio, llevaba una
libreta negra. Haikus, poemas, aforismos. «Tonterías», como él las llamaba. Seguramente había escrito
la última unos minutos antes de cruzarse con la criatura. «El cielo es el cuarto de baño de un dios desordenado que deja algodones tirados por todas partes.»
   Milena frenó en seco. La barcaza que había des-
cubierto en el libro se alzaba ante ella a tamaño na-
tural. Su nivel de adrenalina aumentó.

En el escenario, los músicos empezaban a guardar sus instrumentos. La velada llegaba a su fin. Henri, que seguía poniendo vinilos mientras concluían las conversaciones, colocó inocentemente en el tocadiscos el disco que le había regalado Gaspard.

La aguja cayó sobre el vinilo con un crepitar de fuego. La melodía hawaiana empezó a invadir la sala. «Oh, mi sirena de cuarto de baño, domadora de patos de plástico…»

—¡Somos nosotros! —exclamó Lula.

—¡Sí! —le contestó Gaspard, feliz y orgulloso.

Cogió a Lula en brazos, y Lula le rodeó la cintura con su aleta. Por debajo del vestido se veían las escamas, que reflejaban la luz como una bola de espejos portátil.

Parecían haber detenido el tiempo para siempre. Se susurraban la letra de su canción, se cuchicheaban. Los fantasmas del Flowerburger eran tan sigilosos que parecían cortinas.

Lula apoyó la cabeza en el hombro de Gaspard, y los fuegos artificiales atrapados en su corazón explotaron en silencio. Se veía en sus ojos y se oía en su voz. La aleta ondeaba y las escamas se alzaban. Su contacto habría podido alimentar una central eléctrica.

Milena entró en la barcaza y vio el restaurante. Solo la recepcionista estaba en su puesto. Parecía que estaban cerrando. Varios clientes se terminaban el plato en un ambiente relajado, que no tenía nada que ver con las fiestas homéricas que relataba el extraño libro que había encontrado. Milena se quedó perpleja. Aunque por fuera la barcaza era exactamente como en el dibujo, por dentro no se parecía en nada. Milena hundía la nariz en el cuaderno secreto como en un manual de instrucciones. Entre el ruido de vajilla y el de la caja registradora oyó una melodía. Algo extraño y hermoso que parecía salir del suelo. Ya la había oído en alguna parte, pero no recordaba dónde ni cuándo.

En la bodega sonaba el estribillo. Lula cantaba a la vez que el disco. Un enjambre de mariposas aleteaban en su estómago. Sus alas se acariciaban. Intentaba convencerse de que quizá había bebido demasiado.

—¡Nadie ha muerto! —dijo Gaspard—. ¿Será el fin de su sortilegio?

—La voz y la melodía solo son herramientas. Para atravesar un corazón hay que querer hacerlo. Y cuando canto con usted mis intenciones son buenas… Bueno, sin contar el primer día —añadió con tristeza.

Justo por encima de sus cabezas, Milena hojeaba el precioso libro. De repente encontró la «Canción contraseña». El estribillo del poema era una frase: «Los fantasmas de mis recuerdos apoyan los codos en la barra». Milena susurró la frase, y la recepcionista la oyó.

—¡Por aquí! —le dijo señalándole el paso secreto.

En la bodega, el disco se acababa. Henri puso la canción de Robert Mitchum «Tic, Tic, Tic» para «seguir en el ambiente de la sirena y compañía», dijo por el micro.

Milena entró en el corazón del Flowerburger con el libro de los sorpresistas bajo el brazo. Su melena de hada furiosa rebotaba entre sus caderas, y sus enormes ojos castaños se abrían de par en par. Su paso por delante de la barra provocó una epidemia de tortícolis. «Tic, Tic, Tic», decía la canción. «Tic-tac, tic-tac», decía el reloj del tiempo. Eran las once y media.

Henri preparaba el siguiente disco que iba a poner. Dudaba entre «This Land Is Your Land», de Woody Guthrie, y «So Lonesome I Could Cry», de Hank Williams. Manipulaba sus discos con una flema tan particular que lo colocaba a medio camino entre un Jean-Paul Belmondo cowboy y un pequeño roedor con ojos eternamente asombrados, como un ratón. Levantó la mirada hacia Milena. Pensó en una mandarina, en esas chinas que huelen a Navidad.

—¿Qué puedo hacer por usted, señorita?

Ella le tendió la mano. Varias hojas de su corazón de alcachofa empezaron a arder de golpe.

—Milena.

—¿Milena? ¿Escalopa Milena?

—¿Qué?

—Ah, no, perdón, la he confundido con otra persona —dijo para compensar la ineficacia de la broma. Su humor era un generador de pieles de plátano en los que solía partirse los morros.

—¿Conoce al dueño de este libro? —le preguntó Milena mostrándole el *Libro de los sorpresistas*.

—¡Ah, sí, es mi mejor amigo! Debe de estar en la pista de baile…

Milena se giró lentamente.

—¿Dónde está?

Henri levantó la cabeza, entrecerró los ojos y se puso las gafas. A Milena le pareció que se ponía las gafas igual que Victor.

—¡Ah! Se ha marchado, qué pena… ¡Ese libro es toda su vida! Se odiaba por haberlo perdido. ¡Gracias de su parte! Le dará una agradable sorpresa…

—¿Podría darme su dirección?

—Sí, claro, pero, si lo prefiere, déjemelo y le prometo que lo tendrá mañana.

—Mire, me gustaría mucho devolvérselo personalmente, si no le importa.

—¡Oh, no, claro que no! Vive en la calle de la Bûcherie, número 10, justo al lado de la librería Shakespeare and Company.

Milena desapareció en los arcanos del Flowerburger sin perder el tiempo en dar las gracias a su anfitrión. Henri se encogió de hombros y se decidió por fin por «So Lonesome I Could Cry».

Gaspard llevaba a Lula al muelle con dificultad. De lejos parecía un ladrón de joyas borracho. La luna se acercaba, aureolaba las calles con una luz en polvo. Dejó a la sirena en el asiento trasero del tuk-tuk y a punto estuvo de cortarla en filetes al pillarle la cola con la puerta. Lula señaló el cartel de «Se vende».

—El interior de su corazón… ¡se vende!

Gaspard se giró en un arrebato de ardor adolescente, cogió el cartel y lo tiró al agua.

—¡Ya no se vende! —exclamó.

Lula aplaudía con las manos y a la vez con las puntas de la aleta. El gesto tenía el don de volver loco de alegría a Gaspard.

—Nos queda media hora.

—Pues vamos, ¡sorpréndame! Es su especialidad, ¿no?

Gaspard arrancó el tuk-tuk a toda velocidad.

29

La frágil carroza flotaba a través de las estrellas. Gaspard pilotaba, y su copiloto se reía con una risa que nadie podrá reproducir jamás. La cortina de noche arrastraba su terciopelo por el asfalto. Una simple gravilla adquiría la apariencia de una piedra preciosa.

La alegría que invadía a Gaspard le traía recuerdos y a la vez se los hacía olvidar. La que invadía a Lula era nueva. Una alegría de primera vez. Ella, la adolescente de seis mil años.

El amor estaba derribando lo que quedaba del caparazón de Gaspard. Eclosionaba por dentro, explotaba. Él, que tanto se había esforzado en navegar sin alejarse de la costa, se adentraba en alta mar. Con los ojos muy abiertos al tumulto.

¡AMOR! ¡AMOR! ¡AMOR! ¡Oh, cómo parpadeaba en su corazón! Terremoto en las rodillas. ¡En todas partes! El amor había vuelto. No era grande, era colosal. Aplastaba la duda entre los dientes, trituraba el miedo y lo volvía sabroso. Gaspard volvía al país de los vivos. ¡Y ahí estaba Lula! Hermosa como un ejército de ninfas que había llegado a desarmar su caparazón con su feroz ingenuidad. Ella lo había despertado, revelado, y no le importaba si tenía que morir al día siguiente.

Camille tenía razón. Gaspard odiaba que su padre tuviera razón, pero tenía razón, y esa era exactamente la locura. ¿Qué es un sorpresista que no vibra de amor? ¡Un teórico!

Había vuelto al corazón de la batalla, ¡al corazón! Las estrellas se despegaban del cielo y explotaban en el parabrisas. Detrás, los lunares de la sirena constelaban su piel, desde el cuello hasta el pecho. «Parece una cookie», se dijo saltándose el tercer semáforo en rojo.

Mientras Gaspard y Lula se esforzaban por jugar a detener el tiempo, el tic-tac de lo real seguía su curso. Milena se dirigía ya al apartaller. Lula ocultaba la tos como podía, y más escamas caían en el asiento. Gaspard no hacía caso del dolor punzante que le subía por el brazo izquierdo. Era piloto de un cacharro-carroza con una sirena a bordo. Lo invadía una sensación de alegre invencibilidad. Aparcó el tuk-tuk detrás del Trocadéro, y la torre Eiffel se iluminó con su apariencia de botella de champán eléctrica. Lula podría bebérsela, se dijo Gaspard. ¡Podría beberse todas las luces de la ciudad!

Sacó su amapolófono.* Tocó varias notas de su canción para divertir a Lula. La sirena acercó la cara al instrumento y sopló el contrapunto. Solo el grosor de dos armónicas separaba sus bocas.

Sus labios no se tocaron en ningún momento, pero se besaban musicalmente. Por la mente de Gaspard empezaron a pasar pensamientos eróticos. No era la primera vez desde hacía unas horas, pero hasta entonces los había ahuyentado con pudor de su cerebro. Ahora disfrutaba dejándolos acomodarse.

A Lula le daba la impresión de haber pillado una especie de gripe mágica. Descubría nuevos síntomas. Deseos de comerle la boca a alguien sin morderle y deseos de cantar sin matar. Hormigas por toda la aleta y ataques de sonrisas. Se apoderaba de ella una duda, la duda más agradable. Sus escamas brillaban como la guirnalda de una Navidad celebrada en el espacio. Su máquina de fabricar amor se volvía contra ella, pero no la mataba. Al contrario, Lula se sentía viva y vibraba toda ella. Se convertía en la cuerda de un instrumento que cambiaba de tono. Se transformaba. Las polaridades se invertían, tenía calor y frío indistintamente.

* El amapolófono es una flor metálica de color rojo cuyos cuatro pétalos son cuatro armónicas afinadas de manera diferente.

Gaspard había leído en el *Libro de los sorpresistas* que existía un pasaje secreto para acceder clandestinamente al Acuario de París por la noche. No había sistema de alarma, porque no era muy frecuente que robaran mantarrayas ni tiburones martillo. En el parking, detrás del ascensor del cuarto sótano, había una escalera. Una simple salida de emergencia del parking que daba a otra salida de emergencia, esta vez del acuario. Una vez allí, solo había que empujar la puerta.

Entonces se podía caminar a solas bajo el mar, en silencio. Ser Julio Verne durante varias horas seguidas sin que te molestaran. Un campo de medusas ondulaba bajo los fluorescentes, y llovían bancos de carángidos con cara de mafiosos. Los caballitos de mar translúcidos se parecían tanto a criaturas de cuentos de hadas que cualquiera habría creído que eran irreales.

Gaspard llevaba en brazos a Lula, que se quedaba dormida como una niña. Una niña que hubiera confundido el zumo de frutas con champán. La paseaba por el espectacular túnel en el que los tiburones pasan por encima de las cabezas. Era uno de los acuarios más bonitos del mundo.

Mostraba todos los peces a Lula, que fingía entusiasmarse con lo que consideraba un océano de pacotilla. Era una italiana de vacaciones en París a la que su amigo invita a un restaurante italiano. En la carta, espaguetis a la boloñesa, aunque en realidad en Italia ese plato no existe.

—Gracias, Gaspard. Es usted el mejor sorpresista que conozco.

—¿Conoce a otros?

—No, pero usted es el mejor... ¡y de lejos! —dijo sonriendo.

Observar a los peces nadar estando atrapada al otro lado del cristal le provocaba unas ganas incontrolables de volver a su casa. Lejos. Sola. En silencio. Dejar que el tiempo se disolviera entre tonos de azul. Sus sentidos se lo pedían.

Gaspard lo notaba. ¿Estaba el orden de las cosas volviendo a colocarse inexorablemente en su lugar? Entre la cabeza y el corazón de Lula seguían invirtiéndose las polaridades. Ahora la llamada de los fondos marinos representaba el regreso a la realidad. Todos sus puntos de referencia se desintegraban. Sus escamas se cargaban de electricidad. Cada sonrisa aumentaba su voltaje. Su cuerpo brillaba e iluminaba los pasillos del acuario hasta lo más profundo de la piscina.

—¿Es tarde? —le preguntó Lula con un suspiro nostálgico.

—Tan tarde que hasta a los búhos les explotan los ojos.

—Tenemos que volver, ¿no?

—¿No quiere bañarse?

—¿Bañarme?

Gaspard señaló la plataforma que permitía acceder al acuario principal.

—*Will you dive for me?* —canturreó Lula.

—*I will die for you!* —le contestó Gaspard, como en una comedia musical de otra época.

Lula se quitó el vestido con el apremio de una niña y se sumergió en el océano en miniatura. De repente ya no desencajaba. Su torpeza se convertía en gracia. Era casi otra criatura. Se ondulaba y giraba sobre sí misma. En la superficie, Gaspard se mareaba. Sintió que ya no estaba en su lugar. La alegría se mezclaba con la melancolía. La superficie del agua era el espejo de lo que les separaba. Hasta ahora, para juguetear solo habían tenido una bañera, un tuk-tuk y la bodega de un barco. Ahora estaban a los pies de la cama. Aún no era la casa de Lula, era como una habitación de hotel. Cinco estrellas de mar. Subir la escalera, que se supone que es el famoso «mejor momento», era extraordinariamente interminable. La señorita se alojaba en la planta cien, justo encima del séptimo cielo.

Gaspard se quitó los zapatos, los dejó al borde de la plataforma y se zambulló. Un tiburón cruzó por encima de su cabeza, una mantarraya volaba bajo sus pies, y el agua entraba en su ropa y lo convertía en un globo. Enseguida se quedó sin aire.

Lula se acercó a él bajo el agua y lo guió en lo que parecía una coreografía entre una diosa y el Bibendum de Michelin. La sirena lo arrastraba hacia las profundidades. Él echó un vistazo a la superficie, que se alejaba. Sus extremidades se volvían más pesadas cada segundo. Su energía se esfumaba, pero no entraba en pánico. Al contrario, se dejaba arrastrar hacia una extraña sensación de bienestar. Todo se ralentizaba. Constelaciones de estrellas de mar en la cabeza y burbujas de champán en lugar de glóbulos. Todo era untuosidad. Lula giraba a su alrededor y bailaba en el cielo ralentizado. Él se aferraba al agua. Lula lo animaba y le insuflaba alas en el cuello. Él volaba. Enamorado. Volaba en maravillosos destellos en sus brazos, en sus ojos. Todo era azul, tan azul que uno podía ahogarse para siempre.

«El amor», susurró el corazón.

«La falta de oxígeno», susurró el cerebro. Pero no podía evitar seguir a Lula, cada vez más abajo. Su estrecha corbata parecía una anguila atada alrededor de su cuello. Lula ondulaba a su alrededor. No dejaba de mirarlo y le sonreía. Sus escamas atravesaban el techo y trituraban las estrellas, y los reflejos creaban oro en su melena. Su piel de azúcar glas era más apetitosa que nunca. Sus pechos, como los vestigios de una ciudad que devorar.

Gaspard rozaba con las yemas de los dedos sus escamas, que se estremecían. Descifraba la geografía de su cuerpo. Todo era montaña, todo era curso de agua. Una cascada, un volcán de nácar. Su piel era más suave que la más suave de las sedas. El agua que entraba en sus pulmones no apagaba la intensidad de su deseo. Peor, la acentuaba.

La sirena se acercó a su rostro muy despacio. Le acarició las mejillas. Él pasó los dedos por la cortina de oro. Todo latía en él, habría podido arrancarse el corazón y colocarlo directamente entre los pechos de Lula. Ella lo habría aceptado, se habría arrancado el suyo y habría hecho lo mismo. Sus labios chocaron entre sí, como si se ofrecieran un castillo de fuegos artificiales. Al final del beso, Lula abrió los ojos, y Gaspard era incapaz de cerrarlos. Acababa de perder el conocimiento.

Lula pegó la boca a la de Gaspard para que respirara. El cuerpo de Gaspard era cada vez más pesado. Ella intentó sacarlo a la superficie empujando con la aleta. El dolor de su herida volvió como una puñalada. Sabía que si se le escapaba, nunca volvería. Lo rodeó con todo su cuerpo, como una serpiente que quisiera ahogar a su presa. Lo apretó con fuerza para que el agua le entrara por la boca lo más despacio posible.

Lula llegó por fin a la superficie. Llevó el cuerpo inanimado de Gaspard a la plataforma.

Él apenas respiraba, pero respiraba. La sirena apoyó la cabeza en su corazón. Latía deprisa y con fuerza. Temía por su vida. Reunió toda su energía para buscar en su memoria. Recuerdos de sensaciones anteriores a la muerte de su madre, cuando utilizaba su canto para sanar. Desde la conversación con Rossy, recordaba que lo había hecho, pero aún no recordaba cómo. Debía recuperar la fórmula del antídoto olvidada, y enseguida, porque las respiraciones de Gaspard empezaban a distanciarse. Se sumió en sí misma. Lloró. Se rio. Volvió a llorar. Y de repente unas notas salieron del órgano de sus branquias. Un soplo de cristal casi idéntico al que utilizaba para matar, pero en un tono diferente. Una armonía más luminosa y sobre todo una intención amplia y concreta. Sacaba fuerzas y se agotaba para recomponer la respiración de Gaspard. Pensaba en él y se ponía en su lugar. Luego volvía a sumirse en sí misma, más profundamente. Sentir. Entender. Escuchar hasta el punto de visualizar las notas exactas, y lo más importante, la intención.

Empezó a cantarle al oído. Reunió todas sus fuerzas y las concentró en su canto durante horas. Todo el amor que acababa de descubrir, todo lo que llenaba su corazón, lo dio todo.

30

La noche volvía a empaquetar los bártulos de Navidad, estrellas, luna y otras decoraciones del casi silencio. La gran orquesta sinfónica de los cláxones de París armonizaba con el horizonte. Cuando Gaspard era pequeño, se levantaba de la cama a regañadientes por miedo a olvidar sus sueños. Entonces Sylvia le contaba que cada mañana pasaba un camión invisible a recoger los sueños olvidados. Los reciclaba para mantener una base de datos accesible a todo ser humano, en todo momento del día. Bastaba con utilizar la imaginación.

Fue lo primero que pensó Gaspard al abrir los ojos y ver a Lula a su lado, cantándole una nana a la inversa. Lo despertaba suavemente, como Sylvia con su armónica de vasos de cristal. Se le había borrado de la memoria el hecho de que había estado a punto de ahogarse. Solo perfumaba su mente la sensación de haber bailado. Lula sentía lo que sentía él, como si hubieran intercambiado los corazones para siempre. Captaba todas las señales, las chispas de deseo, la infinita necesidad de acurrucarse, la alegría en géiser cuando sus miradas se cruzaban, exactamente como si las generara su propio cerebro. Cuando él se reía, las escamas de Lula brillaban y adoptaban el color de sus ojos. Gaspard nadaba en apnea en aquel azul como el hombre-pez en el que quería convertirse. Ella lo tomaba todo. Desde sus dolores lumbares hasta su sed de Coca-Cola, todo la atravesaba. Ahora él la obsesionaba, y ella se había convertido en su droga. El menor gesto de complicidad aumentaba la adicción.

Lula se había excedido en la dosis del tratamiento por miedo a perderlo. Los efectos euforizantes eran comparables al protóxido de nitrógeno, el «gas hilarante» que utilizan en los hospitales para facilitar las intervenciones dolorosas. Gaspard deliraba, aturdido como un borracho, pero en flor. Felicidad lúdica. Tontería. Ganas de reír por cosas que no eran tan graciosas y deseo incontrolable de besar a Lula. Ella oía los «Estoy aquí por ti» que no lograba articular. Los «Te quiero» que no se atrevía a decir. Ahora sus escamas brillaban como la torre Eiffel. Por nada del mundo Gaspard habría salido de ese instante, de ese estado de gracia. Estaba en peligro de muerte.

—¡Eh! ¿Qué hace aquí? —ladró un vigilante del acuario.

Lula se zambulló. Su cola sobresalió por encima del agua unos segundos y luego desapareció.

Gaspard se incorporó despacio. Tenía una resaca monumental.

—¡Este tío es sordo!

El acuario estaba abriendo sus puertas. Parisinos y turistas se reunían delante de la gran pared de agua para observar el gran ballet acuático. Cuál fue su sorpresa al descubrir entre un banco de peces loro y dos delfines juguetones la elegante figura de la sirena. Todos los clientes sacaron sus cámaras y móviles para filmarse con el bonito monstruo de fondo. A Lula, ver a todas aquellas personas moviéndose delante de ella en un espacio cerrado le recordó a la muerte de su madre. La luz de su aleta empezó a parpadear, como si fallara la electricidad.

—Hay que liberar a Lula… ¡Ayúdenme a sacarla de ahí! —dijo Gaspard haciendo muecas e intentando levantarse con la ropa empapada.

—¿A quién?

—Hay alguien en el acuario… ¡en el agua! Hay que sacarla del agua.

El vigilante se inclinó por encima de la piscina y vio a Lula, aferrada a una roca. El público se aglutinaba peligrosamente contra el vidrio para intentar fotografiarla.

—Pero ¿qué es eso?

Lula entonaba ferozmente su melodía. La melodía.

–¡Dígale a todo el mundo que se tape los oídos! –dijo Gaspard al vigilante.

–¿Qué?

–¡Le digo que se tapen los oídos!

El señor Ullmann, el director del acuario, apareció detrás de él. Llevaba un viejo traje de marinero.

–¿Qué pasa aquí? ¿Nunca le han visto el culo a un delfín?

El señor Ullmann oyó el canto de Lula, cada vez más intenso. Los vidrios del acuario crujían, y los peces se escondían en los rincones.

–¿Quién canta así?

El vigilante, que se tapaba los oídos con las manos, no le contestó. El director sacó unas gafas de natación de la chaqueta y metió la cabeza en el agua. La dejó un buen rato sumergida, hasta que se quedó sin aire. Con el bigote pegado a la cara, parecía Dalí.

–Existen… Existen de verdad… Es como si siempre lo hubiera sabido –dijo el señor Ullmann–. Esa voz… Nunca había oído nada tan hermoso como esa voz…

–¡Tiene que ayudarme a sacarla de ahí antes de que la cosa empeore! –gritó Gaspard.

–Acompañe a este señor a la salida, por favor.

El director inspiró profundamente y volvió a meter la cabeza en la piscina. No podía apartar los ojos de Lula.

Entre el público, algunas personas empezaban a sentirse mal.

Gaspard intentó soltarse del vigilante y lo amenazó con el puño. Parecía un combate de boxeo entre Don Limpio y Woody Allen.

—¡No la toque! —gritó.

La adrenalina le daba fuerzas.

Un grito desgarrador atravesó el edificio. Los vidrios del acuario empezaron a agrietarse. La gente gritaba. El señor Ullmann, impasible, se ponía las aletas y el cinturón de plomo. Gaspard luchaba por escapar de su agresor. Los gritos de Lula se intensificaron aún más y adoptaron la forma de «la melodía». Su voz se desplegaba, ardía de acordes más sombríos que nunca. El vidrio se rompió. Todo era alboroto, por todas partes.

La gente se quedó un momento paralizada y luego corrió hacia la salida. El vigilante soltó el brazo de Gaspard para escapar también él. La gente se caía, se pisaban unos a otros. Gaspard galopaba hacia la plataforma. El señor Ullmann se sumergió y se dirigió hacia Lula. Ella lo esquivó con un aletazo digno de un pase de Kylian Mbappé y fue hacia la plataforma. Gaspard extendió los brazos para sacarla de allí. El agua empezaba a salir a chorro a través del vidrio. Ayudó a Lula a ponerse el vestido. La pequeña alegría de hombre feliz en medio del campo de batalla, subir la cremallera sin pellizcarle la piel, ni el pelo, ni las escamas. El director fue hacia la plataforma. Mientras se quitaba las aletas y el equipo, Gaspard había cogido a Lula en brazos y se dirigía al pasaje secreto.

Varias furgonetas del SAMU se detenían delante del acuario. Milena, a la que habían llamado por la noche, cuando estaba frente a la casa de Gaspard, formaba parte del personal sanitario. Interrogaba a los heridos. A uno de ellos se le había clavado el palo de selfis a la altura del pulmón derecho, otro contaba que nunca había oído nada más hermoso que aquella voz y que le dolía el brazo izquierdo. Otro con un chándal rojo explicaba que no había que exagerar, que tampoco era Mariah Carey, y que Mariah Carey no tenía «necesidad de cantar con las tetas al aire para atraer a su público, ni de disfrazarse de sirena, ni ninguna chorrada de esas». Pero también él se quejaba de dolores en el tórax. Milena dejó disimuladamente su puesto y entró en el acuario.

Gaspard y Lula salieron del parking del Trocadéro. Era una mañana igual que muchas otras. Nublada, aunque no demasiado. Aquella apariencia de calma era casi tranquilizadora. Cuando de repente dentro del acuario se oyó un ruido de terremoto. Espantoso. El vidrio acababa de ceder. Una ola barrió el Trocadéro. La gente volvió a gritar y a correr en todas las direcciones. La ola lo arrastraba todo a su paso. Las camillas pasaban como tablas de surf y provocaban accidentes de coche. Los peces se estrellaban contra las farolas y se les quedaban las aletas atrapadas en los árboles. Milena evitó ahogarse aferrándose a un banco. Luego la ola acabó perdiendo fuerza, y el Trocadéro volvió a convertirse en lo que era.

Gaspard y Lula se dirigían a los muelles. Detrás de ellos, los peces agonizaban en las aceras. Las ratas salían y se disputaban el extraño botín con las palomas.

—¿Está bien?

—Sí… sí… —le contestó Lula vaciándose la última botella de vaporizador en la cara. ¿Y usted?

—¿Yo? Impecable…

—Habíamos dicho a las doce, ¿no?

Gaspard asintió.

Aunque por la noche el tuk-tuk se asemejaba a una carroza, ahora parecía un coche sin licencia. El vestido de Lula estaba húmedo y arrugado. Eran como unos recién casados borrachos que se habían escapado de su boda. Gaspard redujo la velocidad al entrar en los muelles y se paró en el lugar exacto en el que había encontrado a Lula dos días antes.

Lula se había recuperado al pasar unas horas en agua de mar, pero a medida que aumentaban sus sentimientos por Gaspard, menos soportaba la idea de que pudiera morir por su culpa. El efecto que provocaba en él lo hacía cada vez más incontrolable, y Lula no estaba segura de que Gaspard resistiera otra dosis de tratamiento amoroso.

—En fin, es una pena que se vaya. Porque yo estaba inmunizado.

Lula dejó escapar una sonrisa. Gaspard intentó mantener su gesto serio.

—Mi querido Gaspard, hermoso Gaspard... —cantó ella en un tono dulce y melancólico a la vez—. Creo que sería razonable que volviera ya al lugar de donde vengo...

Gaspard seguía sujetando el volante con las dos manos. Como si se aferrara físicamente a su idea. Sin girar la cabeza, le contestó:

—¿Y si se quedara conmigo?

—¿Qué?

—¡Quédese a vivir aquí, conmigo! Me ocuparé de usted.

—Oh, lo sé... pero se trata de usted.

Gaspard, con la mirada clavada en el parabrisas, no soltaba el volante.

—Sabe lo que le espera...

El jarro de agua fría de Lula no tuvo ningún efecto en Gaspard.

—Si tuviera que pasar, ya habría muerto mil veces, ¿no?

—No. Aún puede pasar. Mire, creo que es la primera vez que siento este... Me siento... Siento...

—¿Pincha?

Gaspard pasó la mano maquinalmente por el pelo de Lula, como si se conocieran desde hacía miles de años.

—El riesgo es demasiado grande, ya lo he puesto demasiado en peligro.

—Es cierto que en dos días lo ha hecho muy bien… Quemar mi apartaller, reventar el vidrio del acuario más bonito de París… ¡No voy a echarla de menos, se lo aseguro!

—En serio…

—En mi vida he dicho nada más en serio. ¡Haría cualquier cosa por usted! Convertiré el apartamento en un lago. Aún no sé cómo, pero llevaré agua de mar. La gente hace piscinas de agua de mar, así que es posible.

—Gaspard…

—Y cuando sienta nostalgia, la llevaré al océano. ¡El Índico, el Pacífico, el Atlántico, el que prefiera! Aprenderé a hacer submarinismo con bombonas, y así podremos estar juntos más tiempo. Me mostrará su mundo detrás de los arrecifes de coral… Siempre lo he soñado. ¡Incluso antes de conocerla!

Lula hizo un ligero movimiento con el hombro y la cabeza, entre el sí y el quizá. El entusiasmo de Gaspard le rompía el corazón. Ella sentía exactamente lo que sentía él, intentaba con todas sus fuerzas encontrar el valor para decirle que no, pero no lo conseguía.

Gaspard arrancó haciendo crujir los neumáticos, la media vuelta más rápida de la historia de la conducción en tuk-tuk. Unos minutos después se detuvo delante de una tienda de animales y salió con los brazos llenos de paquetes. Luego hizo lo mismo delante de una juguetería.

Cuando amaba a alguien, a Gaspard le daban ataques de regalos. Podía arruinarse para dar una sorpresa. Un efecto secundario de su capacidad de sentir la alegría con más fuerza que los demás. Su mente funcionaba como el quemador de un globo, su combustible era el entusiasmo. Se le hinchaba el corazón y sus pies despegaban del suelo. Gaspard tenía la facultad de proyectarse hacia arriba y muy deprisa, por encima de las nubes. Ya se veía en el escenario con Lula. Ella, en una bañera transparente, dejando boquiabierto al público cantando con un micro en forma de alcachofa de ducha. Él, sentado en el borde con su ukelele y con un traje azul con lentejuelas a juego con la aleta de Lula. Cantaban a dúo, la luz de las escamas teñía su rostro de azul como si el concierto se celebrara en la luna.

Llegaron a su casa. Gaspard llevaba a la sirena como una recién casada en el ascensor, demasiado pequeño. Les recordó al primer día, solo unas sesenta horas antes. La noción del tiempo había explotado. Cada hora había tenido la densidad de un año.

Rossy, fiel a su puesto detrás de la mirilla, se alegró de ver a Gaspard y a Lula volviendo juntos.

31

Un olor a fantasma quemado se escapaba ya al rellano, y empeoró cuando Gaspard abrió la puerta. Para llegar al cuarto de baño había que cruzar el cementerio de juguetes derretidos. Gaspard avanzó entre los escombros, concentrado en su objetivo. No vio la nota que habían metido por debajo de la puerta. «Si la criatura aún está con usted, llévela lo antes posible al hospital. Es una cuestión de vida o muerte para ella, para usted y para todo aquel que oiga su voz.»

Dejó a Lula en la bañera. A ella se le hizo un nudo en la garganta, pero se las arregló para poner buena cara. Volver a aquel cajón de verduras acuático la deprimía. Las baldosas ennegrecidas del cuarto de baño daban la impresión de estar en un horno sucio.

Gaspard sonreía. Ahora el poder de su alegría parecía inalterable. Abrió el grifo de la bañera, comprobó la temperatura y vendó los ojos a Lula.

—¿Otra piñata? —le preguntó ella, cada vez más preocupada por el comportamiento desmesuradamente alegre de Gaspard.

—¡No, no! Otra sorpresa…

Unos minutos después, el suelo estaba cubierto de arena. Un globo con forma de pez loro flotaba por los aires, estrellas de mar de espuma colgaban del techo, y palmeras de cartón crecían al borde de la bañera. Gaspard seguía llevando su traje de tres piezas arrugado, pero se había cambiado los zapatos por un par de aletas.

—Claro que no se puede comparar con un buen arrecife de coral. Pero con un poco de imaginación…

Lula sintió que se le formaba una lágrima en la comisura del párpado derecho. Veía la alegría adquiriendo forma en cada movimiento de Gaspard, la sentía. Y cuanto más la sentía, más se decía que él iba a electrocutarse con ella. La energía aumentaba sin cesar. Sus ojos brillaban. ¡Era tan bonito verlo! Pero sabía que él no aguantaría mucho. Su estado era un poco más grave cada minuto. Gaspard mostraba síntomas que ella conocía demasiado bien. Si se quedaba, él no sobreviviría.

—¿Sabe lo que me gustaría mucho?

—¡Dígame! —le contestó de inmediato.

—Un pez. Un pez de verdad. Con su cola, sus escamas y todo eso. ¿Cree que podría encontrarlo?

Él aceptó la misión al segundo, empujado por un impulso de alegría nuevo.

—Le encontraría un pez aunque tuviera que atracar un restaurante chino con una pistola de agua. ¡En un cuarto de hora vuelvo! —exclamó girándose.

Rossy lo observó galopar escaleras abajo. La energía de la espontaneidad había vuelto.

Gaspard volvía a ser él mismo con fuerza. Escuchaba su corazón, que sonaba como un tren.

Lula observaba cómo se reducía su herida. En cuanto a sus escamas, nunca habían sido tan brillantes. El hormigueo en el estómago. La inquietud mezclada con alegría. Sabía exactamente lo que era. Cada minuto y cada pensamiento aumentaban el fuego.

Gaspard dejaba que lo invadieran los pensamientos agradables sobre el futuro. Esa palabra que había desterrado. Incluso el sueño más vertiginoso. Fundar una familia. Hacía años que la idea no se le pasaba por la cabeza. Había perdido demasiado tiempo dudando, cerrándose a la vida. Protegerse excesivamente no era propio de él, dormía mal con su armadura.

Había llegado el momento de asumir sus sueños. Vivirlos, aquí y ahora, y responder al tema del arrojo. Sorprenderse, colgarse solo del presente. Recuperar el equilibrio funambulista entre el futuro y el pasado. Arrancar cada segundo a la eternidad para convertirse en un sorpresista supremo. Convertirse en alguien que detiene el tiempo. Transformar la realidad, al menos la suya, poniéndola en contacto con los sueños.

Lula lo había hecho volver a subir a la silla de montar. ¡Corazón a corazón al galope! A riesgo de no controlar la montura. Sentía que todo volvía. El puzle emocional se recomponía. Entonces imaginaba que tenía hijos campeones de natación y que se trasladaban a Hawái, país de las sirenas y del ukelele. Que cruzaban el océano a bordo del Flowerburger y traían al mundo una nueva generación de sorpresistas.

Lula lo oía pensar. Por un instante se permitió imaginar un huevo eclosionando. Un no sé qué mágico que se pareciera a Gaspard y que continuara con la estirpe de las sirenas. Llevaba cientos de años preparándose más o menos conscientemente para ser madre, pero por primera vez la idea se concretaba. Ya no se trataba solo de recoger huevos de tortuga perdidos en la playa, sino de dar a luz.

«Creo en ti para siempre», pensaba Gaspard en el camino de regreso al apartaller. Unas lágrimas cayeron en el agua del baño, gotas de luz sólidas que chapoteaban en la superficie.

Lula se recuperó. Solo le quedaban diez minutos para desaparecer del apartaller y salvar a Gaspard. Jamás lo conseguiría con él presente. No tenía otra opción. En cualquier caso, decidió no dársela.

Empezó a golpear con fuerza la pared del cuarto de baño con la aleta.

—¡Rossy! ¡Rossy! ¡Socorro! ¡Venga a ayudarme!

Gaspard esperaba impaciente delante del restaurante chino. Quería volver con su sirena de cuarto de baño y verla disfrutando de un buen pez. El resto del mundo podía desplomarse tranquilamente, ya no importaba nada más.

En unos segundos Rossy apareció en el apartaller.

—¡Uau! —exclamó al ver el nuevo decorado—. ¿Las estrellas de mar son de la tienda donde compra sus disfraces de sirena? Me encantan… ¿Y bien? ¿Qué tal la noche en el Flowerburger? —añadió, traviesa.

—¡Ayúdeme a escapar!

—¿Ha vuelto a prender fuego?

—No… Gaspard… Está en peligro… Va a morir.

—Está de broma, lo he visto en la escalera hace cinco minutos, ¡parecía que volaba! Hacía mucho que no lo veía con tanta energía.

—Ese es el problema… Si lo quiere, ayúdeme a marcharme antes de que vuelva… ¡Es cuestión de vida o muerte!

Gaspard caminaba por la calle silbando la melodía de Lula, muy contento. La primavera zumbaba en terrazas animadas, y el sol aún no aplastaba la ciudad, se limitaba a calentarla.

Cuando llegó al rellano que compartía con Rossy, las puertas de los dos apartamentos estaban abiertas.

32

Gaspard entró en su casa con su pez y sus paquetes de caramelos en las manos. La puerta del apartaller estaba abierta. En el rellano, Rossy hablaba con una mujer de larga melena. Le recorrió un escalofrío. Tenía un mal presentimiento.

Dos agentes de la policía científica se fumaban un cigarrillo en la ventana. Sus trajes de astronauta les quedaban un poco anchos.

—¿Qué hacen aquí? ¿Qué pasa? ¿Rossy?

Corrió al cuarto de baño. Lula no estaba. Otro hombre tomaba huellas en la bañera.

—¿Dónde está? —gritó.

La mujer de la melena se acercó a él.

—Hola, señor… ¡Doctora Milena Ratched! —le dijo mirándolo a los ojos—. Su vecina no tiene nada que ver. Asumo la responsabilidad de lo que ha pasado. Soy yo la que lo ha encontrado.

Milena sacó el ejemplar del *Libro secreto de los sorpresistas* del bolsillo y se lo tendió. Gaspard cogió el valioso objeto.

—Es por su bien, Gaspard —susurró Rossy agachando la mirada.

—¿Dónde está Lula?

—«Lula», como usted la llama, es una asesina. Su voz es un veneno mortal.

—Solo la utiliza para defenderse.

—Pero mírese, mi pobre amigo… Está totalmente poseído por ella. No debe de quedarle mucho tiempo de vida.

—¡Dígame dónde está!

—Donde no puede hacer daño.

—Déjeme devolverla al agua. Morirá si no vuelve al agua.

—¡Es cierto! Unas horas más y la habría encontrado muerta en su bañera.

De repente sus piernas se desvincularon de su cerebro. Tórax, mandíbula y cráneo. Todo. Gaspard se derrumbó como si le hubieran disparado en el corazón. Yacía con la cabeza en el suelo. Parecía un juguete quemado más. Rossy se tapó la cara con las manos, y Milena apoyó las suyas en las caderas.

Entretanto, en el hospital, dos enfermeros metían a la sirena en una habitación de aislamiento. Llevaban máscara, gorro, guantes, bata de laboratorio y ante todo tapones para los oídos. Parches de electrocardiograma cubrían el cuerpo de Lula, y un tensiómetro se hinchaba automáticamente alrededor de su brazo cada diez minutos. En el índice de la mano derecha le habían colocado un aparato para controlar el pulso. Una aguja le entraba en el brazo. Milena había ordenado que le sacaran la máxima cantidad de sangre posible antes de que muriera. «Entender la toxicidad de esta criatura para prevenir el riesgo de nuevos casos.»

Lula se debilitaba a medida que su sangre llenaba la bolsa de plástico que colgaba por encima de su cama. Se le secaba la piel y las escamas perdían el brillo. Ya casi no generaba luz. Empezó a cantar en susurros.

En la ambulancia, Gaspard recuperaba el conocimiento. El canto de Lula lo había despertado a distancia. Milena miró a Gaspard. Pensó en Victor, que cantaba la misma melodía en su lecho de muerte. La empatía se apoderaba de ella. Odiaba sentirla. La idea de curar al que había intoxicado indirectamente al hombre de su vida le producía náuseas.

La ambulancia se detuvo en el parking, delante de la entrada de urgencias. Los camilleros obligaron a Gaspard a seguir tumbado. Quería levantarse. Andar. Su corazón vibraba tan fuerte que a su cuerpo le costaba seguirlo. Nunca más aceptaría no volver a ser él mismo. Seguiría equivocándose, quizá moriría, pero no volvería a dejarse manejar. Ni por él, ni por su padre, ni por nadie. Crear una horda de rompedores de sueños y escuchar solo el dulce galope de un corazón acelerado.

Milena entró en la habitación de la sirena, que se ponía cada vez más azul. El electrocardiograma hacía ruidos cada vez más inquietantes. La extracción de sangre estaba programada para reducir la velocidad o detenerse en caso de riesgo de muerte. La luz roja empezó a parpadear y el extractor se bloqueó de inmediato. Milena echó un vistazo para asegurarse de que estaba sola. Sacó una jeringa del bolsillo y pinchó a la sirena en el brazo para seguir sacándole sangre. El azul diamante que pasaba de sus venas a los tubos de plástico la electrizaba.

Apareció Pierre, alertado porque la máquina se había detenido.

—¿Qué hace?

—Le saco un poco de sangre antes de que sea demasiado tarde. Me gustaría entender qué es tan tóxico.

—Pero ¿ha visto en qué estado se encuentra? Si le sacamos más sangre, la mataremos.

—Si se muere, que se muera.

Pierre sabía por lo que estaba pasando Milena, pero ya no reconocía a su compañera. Algo estaba cambiando. Su pena se había podrido dentro de ella.

Intentó quitarle la jeringa de las manos. En el forcejeo, la aguja se clavó en el brazo de Milena antes de caer al suelo y romperse. Ella observó su brazo, que le dolía, con una mueca. Una gota de sangre azul se mezclaba con la suya.

—¡Salga, por favor! —gritó, enfadada y dolorida.

—Lo siento mucho.

—¡Le pido que salga!

Pierre salió de la habitación en estado de shock.

Milena se inclinó por encima de Lula. El azul de sus escamas estaba desapareciendo. Su cuerpo se convertía en un bloque de yeso. Sus respiraciones se distanciaban, pero entre las inspiraciones seguía escapándose un soplo de melodía. Milena lo escuchaba. Esperaba a que su corazón dejara de latir.

—Gaspard... Gaspard... —susurraba Lula—. ¿Gaspard? ¿Está bien?

—Su corazón está cediendo, como todos a los que te has acercado.

—Él no tiene nada que ver.

—Victor tampoco tenía nada que ver, como tú dices. Solo quería curarte.

La zona en la que a Milena se le había clavado la aguja se ponía azul y se hinchaba. Un dolor sordo le subía por el brazo y le apretaba la nuca.

Sintió un picor en la cadera. Se rascó casi inconscientemente, sin dejar de mirar a la sirena. Pero el picor evolucionó rápidamente a una sensación de ardor. El estrés, se dijo. Solo era un síntoma de estrés.

Pero la zona que le dolía aumentaba. Toda la cintura le ardía. Debajo de la piel y en la piel.

Milena se metió en el cuarto de baño y se levantó la bata. Una placa de ampollas azules le hinchaba la epidermis. Ampollas que parecían escamas. Su fe en Descartes se puso seriamente a prueba. Los herpes azules brillantes no existían. Ella, la hipocondriaca trascendental cuyos temores alimentaban la locura, se enfrentaba al diagnóstico más raro posible: intoxicación por sangre de sirena. Sus escamas eran exactamente iguales que las de la criatura, sin ninguna duda.

Milena se convirtió en un instante en su propio protocolo de atención. Era la única paciente, la número uno. Imaginaba lo inimaginable. ¿En qué iba a convertirse? ¿Cómo evolucionaría la intoxicación? Sentía que se transformaba en lo más profundo de sus entrañas. ¿Afectaría al niño que crecía en su vientre? Todo era un salto a lo desconocido, todo era peligroso, pero tenía que avanzar, correr, saltar al vacío y a la noche sin estrellas.

Volvió corriendo a la habitación de Lula deseando con todo su corazón deformado que no hubiera muerto. Pero una enfermera la llamó en el pasillo.

—Milena… ¡Tiene una urgencia!

—Ahora no puedo… ¿Qué ha pasado?

—El profesor Delatour ha pedido que vaya urgentemente.

Milena movió la cabeza, decepcionada, y siguió a la enfermera.

Unos metros más allá, Gaspard intentaba levantarse de la cama con su pinta de zombi en pijama. Odiaba aquellas batas de hospital, le daban la impresión de ir vestido para la morgue. Se arrancó uno a uno los parches del electrocardiograma y los lanzó por la habitación como frisbees.

En ese momento entró una enfermera sin llamar. Gaspard fingió volver a la cama. La enfermera llevaba enormes rulos debajo del gorro. Rulos grandes como ruedas de hámster. Sus grandes ojos, muy abiertos, eran increíblemente expresivos. Se quitó la máscara y su boca muy maquillada sonrió. ¡Era Rossy!

Lo abrazó tan fuerte que a punto estuvo de ahogarlo. Rossy le tendió una máscara, una bata y un gorro.

—¡Vamos!

Se vistió a cámara rápida con la ayuda de su petulante vecina y salió de la habitación. Avanzaba inclinado, rozando las paredes. Rossy le pidió que se comportara con más normalidad para evitar llamar la atención. Para eso se había puesto la máscara y la bata. Gaspard asintió y se incorporó.

Entraron en la burbuja estéril de Lula sin problemas. Rossy había conseguido la complicidad de Pierre, el biólogo, que le había indicado el camino y el número.

La sirena había empeorado. Perdía las escamas como un abeto de Navidad las hojas en enero. Había escamas en la cama, en el suelo, por todas partes. Pero cuando Gaspard se acercó, las escamas empezaron a vibrar.

El corazón saltó en su pecho, quiso cogerla en brazos, pero la alegría se detuvo en seco cuando se dio cuenta de que estaba inconsciente. Desconectó la perfusión lo más delicadamente posible y colocó el cuerpo en una camilla. Lo taparon con una de las atroces sábanas de color orina del hospital y se dirigieron a la salida lo más sigilosamente posible. Él cojeando con su bata demasiado grande, y ella con su corona de rulos explotándole el gorro, demasiado pequeño.

Cuando llegaron a la salida de urgencias, Milena entraba en el despacho del profesor.

—¿Quería verme?

—Sí, siéntese…

—Estoy con un caso un poco complicado y aislado, no puedo entretenerme mucho…

—Sí, lo sé. Pero debería haberla obligado a quedarse en casa. Tiene que descansar un poco y tomar la distancia necesaria, aunque entiendo que quiera gestionar personalmente el caso de la criatura.

—Quedarme en casa sería peor. Al menos aquí me da la impresión de que sirvo para algo.

—Pierre me ha dicho que estaba sobrecargada de trabajo, que empezaba a perder la lucidez, y es normal. Ha venido a informarme de buena fe.

—Déjeme terminar la jornada y le prometo que intentaré dormir esta noche.

—Cuídese, Milena. Sé que es muy difícil, pero cuídese, por favor.

En los pasillos, Rossy aceleraba el paso y a Gaspard le costaba seguirla. En el parking les esperaba el tuk-tuk, al que habían enganchado una brillante bañera con ruedas llena de agua. En un lugar destacado se veía el blasón de los sorpresistas.

—¡Camille y Henri lo han hecho a toda velocidad! —le dijo Rossy.

Gaspard estaba asombrado como un crío.

—¡He echado agua salada! He pensado que le iría bien… —añadió Rossy.

Sujetaron el cuerpo de la sirena con tres cinturones para evitar que sufriera demasiado con los bandazos del piloto.

De repente sonó la alarma del hospital. De las puertas de urgencias salió una jauría de batas blancas. En cabeza, con la melena al viento, la doctora Milena Ratched.

—¡Deténgase! —gritó—. ¡No puede hacerme esto!

Gaspard, con las manos en el volante, buscó en el fondo de sí mismo cierta apariencia de lucidez. Descartó el exceso de emociones y se concentró solo en actuar.

—¡Y ahora vaya a meter a Lula en el mar! ¡Es su única posibilidad de salir adelante! —le dijo Rossy dando un golpe al capó de la carroza.

Tras estas palabras, Gaspard hizo uno de sus arranques a toda velocidad. La bañera con ruedas siguió el movimiento derrapando ligeramente.

Milena y su ejército de enfermeros llegaron a la altura de Rossy unos segundos después de que el tuk-tuk se hubiera marchado. Si las miradas mataran, Rossy habría muerto en el acto.

—¡Avisen a la policía! ¡Y manténganme informada! —gritó Milena girándose hacia sus esbirros con aires de emperatriz malhumorada.

Sacó una jeringa del bolsillo, agarró a Rossy por el cuello de la bata y la amenazó.

—Es sangre de sirena. Si le pincho, morirá en unas horas.

Milena arrastró a Rossy a su coche.

—Dígame adónde van.

—¿Qué va a hacer?

—Quiero que evitemos más catástrofes.

—Va a intentar dejarla en el agua, donde la encontró… en los muelles.

Milena arrancó con un golpe seco.

33

Gaspard y Lula cruzaron París ante la mirada divertida de los turistas, que les hacían fotos y los saludaban con la mano. Echar un vistazo por el retrovisor se convertía en un tic. Todo coche que no los adelantaba era sospechoso. Gaspard avanzaba lo más delicadamente posible, frenando en los badenes y en las curvas. Al llegar a la carretera de circunvalación, ya había vaciado la mitad del agua de la bañera.

La cabeza de Lula seguía el movimiento. Gaspard rezaba para que no estuviera muerta. Rezaba para que aguantara hasta que llegaran a las playas normandas. Él, el insomne que se dormía en cuanto tenía que asistir a una misa, que solo creía en el poder poético de las historias, sin que importara si los héroes habían existido o no, rezaba. No sabía qué ni a quién rezar, pero rezaba. Pedía al Invisible que no abandonara a Lula.

La bañera aumentaba el consumo del pequeño motor del tuk-tuk. Apenas habían salido del tumulto de la carretera de circunvalación cuando la luz roja empezó a parpadear.

Gaspard acabó encontrando una gasolinera en una carretera rural. Todo era verde y silencioso. Paró delante del surtidor y bajó a ver cómo estaba Lula. Desde el principio del viaje había contraído tanto la nuca que le daba la impresión de haberse encogido. La sirena respiraba con dificultad, y las escamas se encendían y se apagaban. A veces se apagaban durante largos segundos.

–Gaspard...

Nunca habría imaginado que oír el nombre «Gaspard» lo trastornaría hasta ese punto. Ahora su corazón y el de la sirena se fundían como en un reloj de arena. El oro del uno fluía en el otro, y viceversa. El tiempo que les quedaba se contaba en partículas de segundo.

Con sus bolsas de basura azules alrededor de los zapatos, su bata medio desabrochada y su máscara alrededor del cuello, Gaspard parecía haberse escapado de un manicomio. Echaba gasolina en un tuk-tuk que arrastraba una bañera con ruedas. En la bañera, una sirena medio muerta. El empleado de la gasolinera observaba la escena desde detrás de la ventana del mostrador. Sacó las gafas del bolsillo y se las puso con cuidado sobre la nariz para confirmar lo que estaba viendo.

Gaspard entró en la tienda y cogió un mapa de carreteras. Al llegar a la caja, su mirada se cruzó con un par de walkie-talkies.

—¿Cuánto valen? —le preguntó al empleado, que lo miraba como a un extraterrestre.

—Cinco euros el juguete y doce euros el mapa. Con la gasolina, cuarenta y cinco.

Gaspard no tenía la cantidad exacta, y el empleado vivía en un espacio-tiempo en el que no había que salvar a ninguna sirena.

—Ese cacharro tiene que consumir mucho, ¿no? Y con el bicho detrás, más.

—¡Ah, sí, sí! ¡Consume! ¡Consume!

Tardaba tanto en buscar las monedas en la caja que Gaspard le dijo que se quedara con el cambio.

Salió de la tienda a paso ligero, con la bata volando al viento y los zapatos crujiendo en el suelo como paquetes de caramelos. En la bañera, Lula brillaba como una guirnalda eléctrica y repetía «Gaspard...».

Este último fijó a toda prisa un walkie-talkie en el borde de la bañera. De vuelta en el asiento del conductor, abrió el mapa de carreteras, más grande que el parabrisas.

Un coche de policía se acercó a la gasolinera a cámara lenta. Gaspard se puso tenso detrás de su mapa de carreteras. Lula agitó ligeramente la aleta y el empleado volvió a ponerse las gafas. El coche de policía aceleró de golpe y pasó de largo.

Gaspard se dirigió a Étretat, la playa más cercana a Grainville, el municipio del que se disponían a salir.

Entretanto, la doctora Milena Ratched conducía como Starsky o Hutch a lo largo del Sena.

—¡Cuidado! —gritó Rossy.

Pero Milena aceleró aún más, en trance. Se pasó la mano por debajo de la bata con una mueca de dolor. Ahora las escamas brillantes cubrían íntegramente sus caderas.

Sonó su teléfono. Era uno de sus internos del hospital.

—Doctora Ratched… ¡Nos ha llegado un informe! ¡Un vehículo pequeño remolcando una gran bañera en una carretera rural!

—¿Dónde?

—¡Grainville! En la carretera de Rouen.

Milena golpeó el volante con tanta rabia que se torció la muñeca.

—¡Grainville, joder! ¡Grainville! —gritó derrapando al dar media vuelta.

Rossy soltó un grito de ratón atemorizado y cerró los ojos.

—¡Usted lo sabía!

—Claro que lo sabía. ¿Creía que se lo iba a decir?

Milena puso Grainville en el GPS. Ahora el picor se extendía a los muslos. El roce de su piel contra el asiento se hacía insoportable y estaba más nerviosa que nunca.

—Deje que la devuelva al agua. Regresará a su elemento y no volverá a hacer daño a nadie.

—Ha matado a la única persona que contaba para mí.

—Lo siento mucho…

—¡Intentó curarla y lo mató! Mire, ayudándolos a escapar, seguramente ha firmado la sentencia de muerte de su amigo…

34

En el tuk-tuk, Gaspard intentaba comunicarse a través del walkie-talkie.

—¿Me oyes, Lula? ¿Me oyes?

No había respuesta, aparte del sonido de radio vieja. Luego, de repente, Lula pulsó el walkie-talkie.

—Gaspard…

—¡Sí! ¡Estoy aquí!

Más interferencias y ruidos de respiración.

—Pincha.

Gaspard quiso pisar el freno en medio de la carretera y meterse en la bañera para estar con Lula. Aquella declaración de amor, que debería haberle dado el golpe de gracia, lo llenó de energía.

—Pincha muy fuerte…

Gaspard pisó el pedal del acelerador al máximo. El pelo de Lula parecía un fuego rubio ardiendo en el viento.

—Prométeme que, pase lo que pase, volverás a ser lo que eres… un sorpresista…

—¡Prometido! —le dijo Gaspard jadeando.

Lula sonreía al otro extremo del walkie-talkie. Gaspard lo sentía. Si hubiera podido arrancarse el corazón y cortarlo con un cuchillo de pan para ofrecerle la mitad a Lula y que se quedaran juntos, lo habría hecho. Su mente loca buscaba una solución en los arcanos de lo imposible, una solución que no fuera el implacable océano.

El viento empezaba a arrastrar perfumes yodados. La playa de Étretat ya no debía de estar muy lejos.

—Gaspard… Tengo que decirte una cosa…

Él escuchaba a Lula aferrado al volante, con los ojos clavados en el parabrisas. Cada palabra, cada sílaba. Su voz sonaba como una llamada grabada en una minicinta de dictáfono.

La cadencia de sus palabras se ralentizaba como un vinilo cuando se va la luz. El tuk-tuk volaba en la noche. El amanecer empezaba a decolorar las estrellas.

—Lula… ¡sigue hablándome! ¿Lula?

Ella ya no respondía. Grandes nubes negras invadían los pensamientos de Gaspard, pero las ahuyentaba con todas las fuerzas que le quedaban.

—¿Ya has imaginado lo que saldría si tuviéramos hijos? Porque yo sí. Lo ideal sería que se parecieran a ti. Todos. Niños y niñas. Me gustaría que lo tuvieran todo tuyo. En el recreo, no siempre será fácil, pero en las clases de canto y de natación serán los mejores… ¿Lula?

35

Milena conducía haciendo muecas, con una mano en el volante, y con la otra rascándose frenéticamente las caderas. Entre los muslos le salían más escamas. Gemía. Le costaba respirar. Una sed rara le secaba la garganta.

Rossy intentaba no mirar a Milena como a la extraterrestre en la que estaba convirtiéndose. Escamas y más escamas…

Lula perdía las suyas. Se despegaban como piel muerta tras haberse quemado al sol. Las escamas flotaban en el agua de la bañera. En algunas zonas se veían las espinas, como un piano de nácar por dentro.

Gaspard se dirigía directamente al mar. Encorvado sobre el volante, se fundía con la máquina para que avanzara más deprisa. El pobre tuk-tuk, acostumbrado a pasear turistas entre Notre-Dame y la plaza de la Concorde, empezaba a dar serias muestras de debilidad. El cacharro petardeaba como una máquina de palomitas.

Milena seguía ganando terreno. No levantaba el pie del acelerador. Rossy se agarraba al asiento. La sensación de ardor en la piel aumentaba. Sacó una botella de agua del bolso y se la vació en los muslos. Unas gotas de sangre azul resbalaron por el asiento. De repente recordó a Victor justo antes del desastre. Cuando le tocaba la barriga imitando un oráculo frente a una bola de cristal. «Esto no es un cheesecake.» Su predicción era correcta, aunque incompleta.

Estaba convirtiéndose en el mismo monstruo que había matado a Victor. Aquel embrión era lo único que le quedaba de él. ¿Qué estaba pasando en su vientre? ¿Se metamorfoseaba él también? Milena estaba embarazada de menos de tres meses, sabía perfectamente qué provocaba abortos espontáneos. Aquella intoxicación podía matar al feto, lo sabía. El sonido del teléfono interrumpió sus sombríos pensamientos.

—Doctora Ratched… ¡Nos ha llegado otro informe, están llegando a Étretat!

Unos minutos después vio la señal «ÉTRETAT 3 KM».

El viento fresco del amanecer acariciaba la piel de Gaspard cuando detuvo el tuk-tuk en la playa. Un no sé qué muy suave envolvía la atmósfera. El sol aún no pegaba fuerte, de modo que todo era delicado.

La mente de Gaspard se escapó un instante. Pensó en el desayuno que podría compartir con Lula. Ella comería salmón con una botella de agua mineral en aerosol, y él un cruasán y un chocolate caliente. Se quedarían sentados a la mesa sin decirse nada hasta que los primeros rayos empezaran a quemarles la piel.

Gaspard levantó el cuerpo de la sirena. Como el primer día, estaba inconsciente.

El mar extendía sus grandes brazos de espuma. Cuanto más se acercaba, más sentía que se encogía. Tropezaba torpemente en la arena. La melena de oro fino caía en cascada entre sus brazos, y la aleta herida seguía brillando.

Varios cientos de metros más allá, el coche de Milena dio un bandazo y se paró directamente en las olas. Se quitó la bata a toda prisa, y luego el vestido. Sus muslos estaban cubiertos de escamas de color azul oscuro. Todo en ella ardía.

Abrió la puerta del coche. Rossy la agarró del brazo para detenerla, pero ante aquella Milena ya no podía hacer nada. El dolor parecía multiplicar su fuerza.

Gaspard seguía avanzando con Lula en brazos como en una boda a la que solo hubieran invitado al viento. Las primeras olas se lanzaron contra sus tobillos. Pisó valientemente la espuma y se metió en el mar.

Se abría paso con los codos. Las olas golpeaban contra su pecho y se tambaleaba.

Ahora había bastante agua para soltar a Lula. Pero sus dedos seguían pegados a la piel de la sirena. ¿Era ya demasiado tarde? Lula no se movía. Su cuerpo, que el agua hacía más pesado, se le resbalaba. Lo más bonito que había visto nunca. Abrazarla para siempre. Jamás podría pasarle nada mejor.

Todo en él se hacía pedazos, todo se arrancaba, y Lula sentía todas las emociones de Gaspard, además de las suyas. Entonces se besaron, y fue un beso imposible de detener. Tanto el uno como el otro sabían que en cuanto acabara, se separarían para siempre. Y se devoraban delicadamente.

El beso terminó. El tiempo parecía haberse detenido. Pero avanzaba inevitablemente. Gaspard, con los ojos clavados en los de su sirena, no conseguía decidirse.

Entonces Lula se puso a cantar. Una ópera de espuma, afinada con el viento. Las olas azotaban su rostro.

El cuerpo de Lula se le escapaba. Abrió los brazos. Sintió las escamas resbalando contra su piel.

Gaspard mantenía la cabeza de Lula fuera del agua. Los párpados de la sirena se levantaron y lo miró por última vez. Trenes de vapor atravesaban el corazón de Gaspard. Silbaban y chocaban entre sí. Todo ardía a cámara lenta. El océano se volcaba en el cielo. Las estrellas giraban a plena luz del día.

El cuerpo de Lula se hundió y desapareció lentamente.

Gaspard escrutaba la superficie del agua. Unos segundos antes estaba allí. La sirena. La chica. La mujer. A la que había amado más en tres días que en tres vidas. Y la espuma seguía haciendo su papel de espuma, como si tal cosa. El delicado chapoteo y las cosas del viento.

Lula se adentraba en el mar. Con cada movimiento de aleta recuperaba sus fuerzas. Las profundidades la succionaban. La oscuridad azul envolvía sus caderas.

Gaspard gritó en silencio al verla desaparecer. Nunca se haría a la idea de haberla perdido, ni de haberla ganado. Ni siquiera de haberla conocido.

Un impulso se apoderó de él: ¡seguirla! Se sumergió en la espuma. La sal hacía que le ardieran los ojos. Solo veía una lavadora por dentro. Las corrientes lo llevaban hacia dentro, pero su ropa pesaba demasiado. Su crol nervioso le consumía el oxígeno. Ya los separaban kilos de metros cúbicos. Ella volaba en el cielo del revés. Los pulmones de Gaspard se vaciaban y su corazón se aceleraba. Iba a la deriva mar adentro al borde del agotamiento. Esta vez Lula ya no estaba allí para sacarlo a la superficie.

Empezaba a tragar agua. Sus fuerzas lo abandonaban. En un arrebato de energía, intentó volver. Pero confundía el mar y la orilla. Una horda de caballos salvajes galopaba en su corazón. Fuego en el esófago. En todo su cuerpo, la guerra. Sus músculos se paralizaban. Lo único que podía hacer era beber aquella infinita Perrier sin burbujas. El tiempo de vida que le quedaba se contaba en segundos.

Diez. Angustia loca por lo desconocido.

Nueve. Desesperación absoluta.

Ocho. Relajación muscular.

Siete. Las hojas del roble que Sylvia había plantado el día que nació.

Seis. El micro en el escenario del Flowerburger.

Cinco. El ojo chispeante de Rossy.

Cuatro. La dulce singularidad de la risa de Lula.

Tres. La boca de Lula.

Dos. La voz de Lula.

Uno. Volvió la alegría. Se hinchó y pulverizó el sufrimiento en un soplo terrible y dulce. Un tornado de consuelo lo invadió al contacto con una idea mucho más grande que él: Lula se había salvado. Se había salvado en el mismo movimiento. Nunca había estado tan intensamente vivo como en este instante en que la vida lo abandonaba.

Una mano firme lo agarró del brazo. Luego otra, más vigorosa aún. Y de repente el agujero negro. Solo la gran nada. Milena sacó su cuerpo a la superficie y lo llevó a la playa. Lo colocó boca arriba y acercó el oído a su boca. Respiraba. Débilmente, pero respiraba. Le masajeó las vías respiratorias. Respiración a respiración, mantenía a Gaspard a corta distancia de la muerte. Socorría al hombre que acababa de salvar a su asesina.

El corazón de Milena se cortocircuitaba. Se sentía culpable por no culminar su venganza. Las imágenes de Victor la atravesaron, y su ataque de empatía se amplificó aún más. Tenía esperanza, y esa esperanza aumentaba su fuerza. Los ojos de Victor, que no se abrían, la perseguían, y de repente Gaspard parpadeó. Un ataque de tos y una sensación de papel de lija en la garganta. Estaba de vuelta en el país de los vivos.

—¿Lula…?

—No. Milena.

Ella se levantó con dificultad. Se dirigió directamente al mar y siguió avanzando sin girarse. Se sumergió en la espuma y concluyó su metamorfosis.

Milena había salvado a Gaspard pensando en Victor. Lo que habría hecho él si hubiera estado en su lugar. En su vientre incubaba la esperanza de un nuevo comienzo. El posible vínculo entre su pasado y su futuro: el presente, ese regalo. Lo llevaba a las profundidades.

36

Rossy pidió ayuda, pero Gaspard se negó a entrar en la ambulancia. Quería quedarse un rato más. Decía que se sentía mejor, que no necesitaba que lo atendieran.

Saqueaba sus recuerdos y se llenaba del último lugar en el que había visto a Lula. Gaspard escrutaba el horizonte. Nunca había creído lo que veía, sino que veía lo que creía. Así que seguía esperando una señal de Lula.

La noche acabó cayendo de cansancio. Las olas golpeaban incansablemente el coche abandonado de Milena. Las gaviotas caminaban por los limpiaparabrisas. Gaspard estaba aturdido. El vacío le saltaba en la garganta. Ya no habría pescado rebozado que freír, incendio que apagar, ni agua de la bañera que cambiar. Y además se había esfumado el sueño del disco cantado por ella. La musa acababa de volver a su estado. Tendría que aprender a deshabituarse de Lula. Hacer una cura de desintoxicación de lo extraordinario.

Volvieron a subir a bordo de la excarroza. Rossy, normalmente tan charlatana, casi no había hablado en todo el día. Se dirigieron a París. Los vaporizadores vacíos chocaban entre sí en las curvas. Hacían un ruido de mástil de barco en un puerto deportivo a primera hora de la mañana. Todo parecía como al volver de las vacaciones. Los fluorescentes de cuarto de baño en las gasolineras y los sándwiches triangulares. La melancolía compensada por la sensación de haber vivido algo extraordinario. Ese regalo de la naturaleza.

Gaspard echó un vistazo a la bañera por el retrovisor. Varias escamas azules flotaban en la superficie. Accionó su walkie-talkie, dijo «Hola» y lo dejó. ¿Dónde estaría Lula? ¿No era el fondo del mar demasiado frío por la noche? Pensaba en su herida y se preguntó si encontraría comida. ¿Pensaba en él como él pensaba en ella? ¿Lo amaba como él la amaba a ella?

Luego pensó en Milena. Sin esa criatura, estaría muerto. No conduciría un tuk-tuk hacia la entrada de la carretera de circunvalación. No tendría la oportunidad de acordarse de Lula.

Rossy dormitaba en el asiento del copiloto. ¡Qué

maravilla tenía allí! Ella sola era una familia. Cuidaba de él, seguramente demasiado. ¿Y quién cuidaba a Rossy? Nadie.

Se despertó cuando Gaspard aparcó el tuk-tuk delante de su edificio. Subieron en el pequeño ascensor sin decir una palabra. En el rellano, Gaspard la abrazó. Mucho rato.

Su apartaller le pareció un cenicero gigante. Dio de comer a Johnny Cash, que maullaba su blues y se refugió en el cuarto de baño. El pez inflable seguía revoloteando en el techo. La arena y las estrellas de mar estaban intactas. El agua con sangre azul. Se metió en la bañera vestido. Veía lo que Lula había visto durante tres días y tres noches. Baldosas negras y blancas. Patos de plástico. Botellas de champú vacías que databan de otra vida.

Cuando le invadía la nostalgia, pensaba en ella nadando en algún lugar. La imaginaba envuelta por las corrientes. El oro de su pelo como una cola de cometa. Casi la veía.

El dolor físico había desaparecido, ya no tenía ningún síntoma.

El sueño lo atrapó al amanecer, pero enseguida lo despertó el timbre de la puerta. Debía de ser Rossy. Lo mínimo que podía hacer era ir a abrirle. Sus pasos hacían ruidos de esponja, y su ropa daba la impresión de que había dormido en una lavadora.

—¡Un paquete para usted! Tiene que firmar aquí —le dijo un repartidor, que quizá era uno de los Daft Punk, porque no se había quitado el casco.

Le dio las gracias y dejó el paquete en la mesa de la cocina. La realidad estaba de vuelta. La basura se desbordaba y en la nevera solo había pescado rebozado.

Su padre se disponía a firmar el contrato de venta del Flowerburger. Henri lo había llamado para advertírselo, y las Barberettes también. Tenía que volver a la batalla, lo sabía. No dejarse avasallar. Aprender a volver a empezar. Recuperar el impulso.

Empezó poniéndose ropa seca y bajando la basura. La bolsa se rompió y la basura rodó por la escalera. Las perlas que había tirado brillaban en medio de la porquería.

Cogió el correo y volvió a su casa. Una factura de la luz y publicidad, toda ella feísima. Como había dejado lo mejor para el final, Gaspard abrió el bonito paquete que había recibido un poco antes. Era una caja muy pequeña, pero pesaba mucho. Dentro, canicas blancas. Iguales que las que brillaban en su basura. Parecía un cofre del tesoro de cartón. Había una carta escrita a mano.

Querido señor Snow:

Como biólogo del hospital Saint-Louis, me pidieron que analizara estas extrañas perlas de su amiga Lula. Se trata de nácar puro, de una delicadeza nunca vista. Pero sobre todo están engastadas en oro y diamantes en bruto. Le devuelvo este tesoro porque las perlas se produjeron gracias a usted. Son sus lágrimas.

Deseándole una pronta recuperación,
Suyo,

Pierre Martin

37

En el apartaller era Pascua. Lula había llorado en todas las habitaciones de la casa. En la bañera, debajo de la cama, en la cama, ¡en todas partes! Tras una fructífera búsqueda del tesoro en el cuarto de la basura, Gaspard encontró también perlas en el tuk-tuk y en la bañera portátil. La gallina de los ojos de oro. Cuando llevó las perlas a un joyero para que las tasara, le ofrecieron diez mil euros por cada una. Había encontrado ciento cincuenta y siete. Gaspard se había convertido oficialmente en buscador de oro.

Esa tarde se iba a firmar el contrato de venta del Flowerburger. Compró la barcaza con varias perlas y esa misma tarde decidió hacerse a la mar. Camille no estaba de acuerdo, argumentando que el barco solo estaba preparado para navegar en los ríos. Por algunas perlas más, Gaspard hizo reforzar el casco, alargar la quilla y colocar un mástil plegable que permitiría convertirlo en velero. Propuso a Henri, Rossy y Camille que embarcaran con él. Su padre prefirió quedarse en el muelle, pero lo ayudó con las obras. Oficialmente era la vuelta al mundo de los sorpresistas. Gaspard quería compartir una gran aventura y transcribirla en el *Libro secreto*. Pero todo el mundo sabía que iba a buscar a Lula.

La barcaza soltó amarras el 31 de enero de 2017, cumpleaños de Sylvia. Gaspard prometió volver cada año en esta misma fecha para celebrar el cumpleaños de su abuela. Esta fecha se convertiría oficialmente en la fiesta anual de los sorpresistas.

La barcaza se deslizó bajo los puentes hasta el horizonte. Ver desaparecer París a su espalda le provocó el primer gran escalofrío. Sentir el río convirtiéndose en mar daba la impresión de estar abandonando el puerto para siempre. Hacerse pequeño ante la inmensidad del mundo, exponerse a lo sublime. Revisar el oleaje como se revisa el correo, marcharse para reencontrarse. Inventarse nuevos recuerdos. Darse la posibilidad de sorprenderse. Imaginar y trabajar duro para reducir la brecha entre sueño y realidad. Soldar. Soldarse. Resistir. Aguantar. Sostener. Resistir. No seguir limitándose a mirar, aprender a ver. Encontrar. Reencontrarse. Perderse. Perder. Dar. Volver a empezar. Vivir a cámara rápida para mantenerse en equilibrio entre el futuro y el pasado. Lula había arreglado la máquina de los sueños. Ahora todo podía suceder, todo podía seguir.